TRANZLATY

El idioma es para todos

Jazyk je pro každého

Las Aventuras de Alicia en el País de las Maravillas

Alenčina Dobrodružství v Říši Divů

Lewis Carroll

Español / Čeština

Por la madriguera del conejo
Dolů Králičí Norou

Alicia empezaba a cansarse mucho
Alenka začínala být velmi unavená
Estaba sentada junto a su hermana en el banco de hierba
Seděla vedle své sestry na trávníku
Pero ella no tenía nada que hacer
ale neměla co dělat
Su hermana estaba leyendo un libro
její sestra si četla knihu
una o dos veces Alicia echó un vistazo al libro
jednou nebo dvakrát Alice nakoukla do knihy
Pero el libro no contenía imágenes ni conversaciones
ale v knize nebyly žádné obrázky ani rozhovory
«¿De qué sirve un libro sin imágenes?», pensó Alicia
"K čemu je kniha bez obrázků?" pomyslila si Alenka
"¿Por qué un libro no tendría conversaciones?"
"Proč by v knize neměly být žádné rozhovory?"
Pero tenía otras cosas que considerar
ale musela zvážit i jiné věci
"Hacer una cadena de margaritas sería un placer"
"Vyrobit řetízek ze sedmikrásek by bylo potěšením"

"¿Pero vale la pena el esfuerzo de levantarse y recoger las margaritas?"

"Ale stojí to za tu námahu vstát a natrhat sedmikrásky??"

No era tan fácil pensar en esto

Nebylo tak snadné o tom přemýšlet

porque el día la estaba haciendo sentir somnolienta y estúpida

protože ten den se cítila ospalá a hloupá

Pero de repente sus pensamientos se vieron interrumpidos

ale náhle byly její myšlenky přerušeny

un conejo blanco de ojos rosados corrió cerca de ella

těsně kolem ní běžel Bílý Králík s růžovýma očima

No había nada demasiado notable en el conejo

Na králíkovi nebylo nic přemalebného

y Alicia tampoco pensó que el conejo fuera notable

a Alence se také nezdálo, že králík je pozoruhodný

ni le extrañó que el Conejo hablara

a nepřekvapilo ji, když Králík promluvil

"¡Oh, Dios mío! ¡Llegaré demasiado tarde!", se dijo a sí mismo

"Ach bože! Přijdu pozdě!" řekl si

pero entonces el Conejo hizo algo que los conejos no hacían

ale pak Králík udělal něco, co králíci nedělali

el Conejo sacó un reloj del bolsillo de su chaleco

Králík vytáhl z kapsy u vesty hodinky

Miró la hora y luego se apresuró a seguir adelante

Podíval se na čas a pak pospíchal dál

Alicia se puso en pie, asombrada

Alenka se udiveně postavila na nohy

¡Nunca antes había visto un conejo con chaleco!

Nikdy předtím neviděla králíka s vestou!

¡Tampoco había visto nunca un conejo con reloj!

A nikdy neviděla králíka s hodinkami!

Alicia ardía con una nueva curiosidad

Alenka hořela novou zvědavostí

y corrió por el campo tras el Conejo

a běžela přes pole za Králíkem

Llegó justo a tiempo para ver desaparecer al conejo

Byla právě včas, aby viděla, jak králík mizí

El conejo saltó a una gran madriguera

Králík skočil do velké králičí nory

¡En otro momento, Alicia bajó detrás del conejo!

V dalším okamžiku šla Alenka dolů za králíkem!

La madriguera del conejo seguía recto como un túnel

Králičí nora pokračovala přímo jako tunel

Y el túnel siguió avanzando a cierta distancia

a tunel pokračoval v běhu ještě nějakou dobu

Y entonces el camino de repente se hundió

a pak se cesta náhle ponořila dolů

Alicia no tuvo ni un momento para pensar en detenerse

Alenka neměla ani chvilku, aby uvažovala, že by se zarazila

Se encontró a sí misma cayendo y abajo y abajo

zjistila, že padá dolů a dolů a dolů

Parecía como si hubiera caído en un pozo muy profundo

zdálo se mi, jako by spadla do velmi hluboké studny

O el pozo era muy profundo, o ella caía muy lentamente

Buď byla studna velmi hluboká, nebo padala velmi pomalu

porque tenía tiempo de sobra para caer

protože měla spoustu času spadnout

Mientras caía, podía mirar a su alrededor

jak padala, mohla se rozhlížet kolem sebe

Primero, trató de averiguar a dónde iba

Nejprve se snažila zjistit, kam má namířeno

Pero el pozo estaba demasiado oscuro para ver nada

ale studna byla příliš tmavá, než aby bylo něco vidět

Luego miró a los lados del pozo

Pak se podívala na stěny studny

Y se dio cuenta de que había armarios a su alrededor

a všimla si, že všude kolem ní jsou skříně

y alrededor del pozo había estanterías de libros

a kolem dokola studny byly police s knihami

Aquí y allá veía mapas y cuadros colgados de perchas

Tu a tam viděla mapy a obrazy pověšené na kolíčcích

Al pasar, bajó un frasco de una de las estanterías

Když procházela kolem, sundala z jedné z polic sklenici

El frasco estaba etiquetado por su contenido

Nádoba byla označena svým obsahem

"MERMELADA DE NARANJAS"

"MARMELÁDA Z POMERANČŮ"

**Pero, para su gran decepción, el frasco de mermelada estaba
vacío**

K jejímu velkému zklamání však byla nádoba s marmeládou
prázdná

No quería dejar caer el tarro de mermelada vacío

Nechtěla upustit prázdnou sklenici od marmelády

y su caída fue muy lenta

a její pád byl velmi pomalý

**Así que se las arregló para poner el frasco de mermelada en
uno de los armarios**

Podařilo se jí tedy dát sklenici marmelády do jedné ze skříněk

¡Abajo, abajo, abajo, ella cae!

Dolů, dolů, dolů padá!

¿Llegaría alguna vez la caída a su fin?

Skončí někdy pád?

No había nada más que hacer

Nic jiného se nedalo dělat

así que Alicia pronto empezó a hablar consigo misma

Alenka tedy brzy začala mluvit sama k sobě

—¡Dinah me echará mucho de menos esta noche, creo!

"Mindě se po mně dnes večer bude moc stýskat, řekl bych!"

Dinah era la gata de Alicia

Minda byla Alicina kočka

"Espero que se acuerden de su plato de leche a la hora del té"

"Doufám, že si vzpomenou na její talířek s mlékem při čaji."

—¡Dinah, querida, desearía que estuvieras aquí abajo conmigo!

"Mindo, má drahá, kéž bys tu byla se mnou!"

Alicia sintió que se estaba quedando dormida

Alenka cítila, že usíná

Y de repente, ¡pum! ¡golpe!

A pak najednou, bum! bouchnutí!

Cayó sobre un montón de palos

Padla na hromadu klacků

y aterrizó sobre un montón de hojas secas

a přistála na hromadě suchého listí

Y finalmente la larga caída por el agujero había terminado

a konečně byl dlouhý pád do díry u konce

Alicia no estaba herida en lo más mínimo

Alenka se ani trochu nedotkla

Y se levantó de un salto en un momento

a ona v okamžiku vyskočila

Alzó la vista, pero todo estaba oscuro sobre su cabeza

Vzhlédla, ale nad hlavou byla tma

Frente a ella había otro largo pasillo

před ní byla další dlouhá chodba

y el Conejo Blanco seguía a la vista

a Bílý Králík byl ještěv v nedohlednu

Corría por el pasillo

Spěchal chodbou

No había un momento que perder

Nesměla jsem ztratit ani okamžik

Alicia salió corriendo como el viento

Alenka utekla jako vítr

A la vuelta de la esquina giró el conejo

Za rohem se otočil králík
Llegó justo a tiempo para oír al conejo
Byla právě včas, aby slyšela králíka
"Oh, mis orejas y bigotes"
"Ach, moje uši a vousy"
"¡Qué tarde se está haciendo!"
"Jak už je pozdě!"
Estaba muy cerca del conejo
Byla těsně za králíkem
Dobló otra esquina
Zahnula za další roh
pero el Conejo ya no se dejaba ver
ale Králíka už nebylo vidět
Se encontró en un pasillo largo y bajo
Ocitla se v dlouhé, nízké hale
La sala estaba iluminada por una hilera de lámparas de techo
Sál byl osvětlen řadou stropních lamp
Había puertas por todo el pasillo
Po celém sále byly dveře
pero todas las puertas estaban cerradas con llave
ale všechny dveře byly zamčené
Caminó por un lado del pasillo
Prošla celou cestu po jedné straně haly
Y ella había caminado todo el camino hasta el otro lado de la sala
a došla až na druhou stranu haly
Había intentado todas las puertas
Vyzkoušela všechny dveře
Y caminó tristemente por el centro del pasillo
a smutně kráčela středem sálu
"¿Cómo voy a volver a salir?"
"Jak se ještě někdy dostanu ven?"

De repente se encontró con una mesita
Náhle přišla k malému stolku
La mesa estaba hecha completamente de vidrio macizo
stůl byl vyroben výhradně z masivního skla
No había nada sobre la mesa, excepto una pequeña llave dorada
Na stole nebylo nic než malý zlatý klíček
¡La llave podría pertenecer a una de las puertas!
Klíč by mohl patřit k některým dveřím!
Pero, ¡ay! Algunas de las cerraduras eran demasiado grandes para las llaves
ale běda! Některé zámky byly pro klíče příliš velké
y para las otras cerraduras la llave era demasiado pequeña
a pro ostatní zámky byl klíč příliš malý
Pero, en cualquier caso, la llave no abrió ninguna de las puertas
ale v každém případě klíč neotevřel žádné dveře
Pero, ¿qué iba a hacer ella?
ale co měla dělat?
Volvió a atravesar el pasillo
Znovu prošla halou
Y esta vez se fijó en una cortina baja
a tentokrát si všimla nízkého závěsu

Detrás de la cortina había una puertecita
Za záclonou byla malá dvířka
La puerta tenía unos quince centímetros de alto
Dveře byly asi patnáct palců vysoké
Probó la pequeña llave dorada en la cerradura
Zkusila malý zlatý klíč v zámku
Y para su gran deleite, ¡la llave encajó en la cerradura!
a k její velké radosti klíč zapadl do zámku!
Alicia abrió la puerta
Alenka otevřela dveře
Y encontró que la puerta daba a un pequeño pasillo
a našla dveře vedoucí do malé chodbičky
El corredor no era mucho más grande que una madriguera de ratas
chodba nebyla o mnoho větší než krysí díra
Se arrodilló y miró a lo largo del pasillo
Poklekla a rozhlédla se po chodbě
Y ella vio el jardín más hermoso que jamás hayas visto
a ona viděla tu nejkrásnější zahradu, jakou jsi kdy viděl
¡Cómo anhelaba salir de ese oscuro salón
Jak toužila dostat se z té temné síně
cómo quería vagar entre esas flores brillantes
Jak se chtěla toulat mezi těmi zářivými květinami
¡Qué genial se veían esas fuentes
jak skvěle vypadaly osvěžující ty fontány
Pero ni siquiera podía meter la cabeza por la puerta
ale nemohla ani prostrčit hlavu dveřmi
-¡Oh! -exclamó Alicia con tristeza-
"Aha," řekla Alenka smutně
"¡Cómo desearía poder plegarme como un telescopio!"
"Jak bych si přála, abych se mohla složit jako dalekohled!"
"Creo que podría plegarme como un telescopio"
"Myslím, že bych se mohl složit jako dalekohled"
"Si supiera cómo empezar"
"kdybych jen věděl, jak začít"
Alicia volvió a la mesa
Alenka se vrátila ke stolu

Existía la posibilidad de encontrar otra llave
byla tu šance najít jiný klíč
O podría haber un libro de reglas
nebo by mohla existovat kniha pravidel
El libro podría decirle cómo plegarse como un telescopio
Kniha by jí mohla říct, jak se má složit jako dalekohled
Esta vez encontró una botellita
Tentokrát našla malou lahvičku
—Esta botella no estaba aquí antes —dijo Alicia—
"tahle láhev tu určitě ještě nebyla," řekla Alenka
y atada alrededor del cuello de la botella había una etiqueta
de papel
a kolem hrdla láhve byla uvázána papírová etiketa
La etiqueta estaba bellamente impresa en letras grandes
štítek byl krásně vytištěn velkými písmeny
"BÉBEME"
"VYPIJ MĚ"
—No, miraré primero —dijo ella—
"Ne, nejdřív se podívám," řekla
"Veré si la botella está marcada como venenosa o no"
"Podívám se, jestli ta lahvička není označená jako jedovatá
nebo ne,"
porque nunca olvidó la lección sobre el veneno
protože nikdy nezapomněla na lekci o jedu
"Si una botella está etiquetada como venenosa, es probable
que no esté de acuerdo contigo"
"Pokud je láhev označena jako jedovatá, určitě s vámi nebude
souhlasit"
Sin embargo, esta botella no estaba marcada como venenosa
Tato lahvička však nebyla označena jako jedovatá
así que Alicia se aventuró a probar el contenido de la botella
a tak se Alenka odvážila okusiti obsahu lahvičky
Encontró el líquido bastante de su agrado
Tekutina jí přišla docela podle jejích představ
La bebida tenía una especie de sabor mezclado
nápoj měl jakousi smíšenou chuť
tarta de cerezas, natillas y piña

třešňový koláč, pudink a ananas
Pavo asado, caramelo y tostadas con mantequilla caliente
pečený krocan, karamel, toast s horkým máslem
Y pronto acabó la botella
a brzy láhev dopila
-¡Qué sensación tan curiosa! -exclamó Alicia-
"Jaký to podivný pocit!" řekla Alenka
"¡Me estoy pliegando como un telescopio!"
"Skládám se jako dalekohled!"
¡Y se estaba pliegando como un telescopio!
A ona se skládala jako dalekohled!
Ahora solo medía diez pulgadas de alto
Byla teď jen deset palců vysoká
y su rostro se iluminó con sus pensamientos
a tvář se jí rozjasnila při pomyšlení
Ahora ella tenía el tamaño adecuado para la pequeña puerta
Teď měla tu správnou velikost pro malá dvířka
Ahora podía entrar en ese hermoso jardín
teď mohla jít do té krásné zahrady
Pronto dejó de hacerse más pequeña
brzy se přestala zmenšovat
Decidió ir al jardín de inmediato
Rozhodla se, že půjde ihned do zahrady
pero, ¡ay de la pobre Alicia!
ale běda ubohé Alence!
Llegó a la puerta
Dostala se ke dveřím
Pero había olvidado la pequeña llave de oro
ale zapomněla na ten zlatý klíček
Volvió a la mesa en busca de la llave
Vrátila se ke stolu pro klíč
Pero se dio cuenta de que no podía llegar lo suficientemente alto
ale zjistila, že nemůže dosáhnout dost vysoko
Podía ver la llave claramente a través del cristal
Přes sklo viděla klíč docela jasně
Trató de trepar por las patas de la mesa

Pokusila se vylézt na nohy stolu
Pero el cristal era demasiado resbaladizo
ale sklo bylo příliš kluzké
Con el tiempo se cansó de intentarlo
Nakonec se pokusy vyčerpaly
Y la pobre niña se sentó y lloró
a ubohé děvčátko se posadilo a plakalo
Alicia se habló a sí misma con bastante brusquedad
Alenka mluvila k sobě dosti ostře
"¡Vamos, no sirve de nada llorar así!"
"No tak, nemá smysl takhle brečet!"
"¡Te aconsejo que te detengas ahora mismo!"
"Radím vám, abyste okamžitě přestal!"
En general, se daba muy buenos consejos
Obecně si dávala velmi dobré rady
aunque muy rara vez seguía sus propios consejos
i když se jen velmi zřídka řídila svými vlastními radami
Y a veces era demasiado dura consigo misma
a někdy na sebe byla až příliš přísná
y sus palabras hicieron que se le llenaran los ojos de lágrimas
a její slova jí vehnala slzy do očí
Pronto sus ojos se posaron en una cajita de cristal
Brzy padl její zrak na malou skleněnou krabičku
La cajita de cristal estaba debajo de la mesa
Malá skleněná krabička ležela pod stolem
En la caja de cristal había un pastel muy pequeño
Ve skleněné krabici byl velmi malý dort
En el pastel, algunas palabras estaban bellamente escritas
Na dortu byla některá slova krásně napsaná
Las palabras habían sido marcadas con grosellas
Slova byla označena rybízem
"CÓMEME"
"Sněz mě"
—Bueno, me comeré el pastel —dijo Alicia—
"Nu, já ten koláč sním," řekla Alenka
"y si el pastel me hace crecer, puedo llegar a la llave"

"a když mě dort zvětší, dosáhnu na klíč"
"y si el pastel me hace más pequeño, puedo arrastrarme por debajo de la puerta"
"a když mě ten dort zmenší, můžu se vplížit pod dveře"
"así que de cualquier manera me meteré en el jardín"
"tak jako tak se dostanu do zahrady"
"¡Y no me importa cuál de los dos suceda!"
"a je mi jedno, co z těch dvou se stane!"
Se comió un pedacito del pastel
Snědla kousek koláče
Y se habló a sí misma con ansiedad:
a úzkostlivě pravila sama k sobě:
—¿De qué manera? ¿Hacia dónde?
"Kudy? Kudy?"
Y se llevó la mano a la cabeza
a držela si ruku na hlavě
Quería sentir de qué manera estaba creciendo
Chtěla cítit, jakým směrem roste
Se sorprendió bastante al descubrir lo que había sucedido
byla docela překvapena, když zjistila, co se stalo
¡Había permanecido del mismo tamaño!
Zůstala stejně velká!
Así que esta vez redobló sus esfuerzos
A tak tentokrát zdvojnásobila své úsilí
Y pronto terminó todo el pastel
a brzy celý koláč dojedla

El charco de lágrimas
Kaluž slz

-¡Esto se está poniendo cada vez más interesante! -exclamó Alicia-

"To začíná být čím dál zajímavější!" zvolala Alenka

Se puede ver que estaba muy sorprendida

Je vidět, že byla velmi překvapená

"¡Me estoy abriendo como el telescopio más grande que jamás haya existido!"

"Otevírám se jako největší dalekohled, jaký kdy existoval!"

—¡Adiós, pies! ¡Oh, mis pobres piecitos!

"Nashledanou, nohy! Ach, moje ubohé nožky"

"Me pregunto quién se pondrá sus zapatos por ustedes ahora, queridos".

"Zajímalo by mě, kdo vám teď obouvá boty, drahoušci?"

—¿Y me pregunto quién se pondrá las medias?

"a zajímalo by mě, kdo ti oblékne punčochy?"

"Estaré demasiado lejos"

"Budu příliš daleko"

"No podré preocuparme más por ti"

"Už si s tebou nebudu moci dělat starosti"

Justo en ese momento su cabeza golpeó contra algo

V tu chvíli se její hlava o něco udeřila

Había llegado al techo de la sala

Došla až na střechu sálu

De hecho, ahora medía más de dos metros de altura

Ve skutečnosti byla nyní vysoká více než dva metry

Y al instante tomó la pequeña llave de oro

a hned vzala do ruky zlatý klíček

Y se apresuró a llegar a la puerta del jardín

a pospíchala k zahradním dveřím

¡Pobre Alicia! No había mucho que pudiera hacer

Ubohá Alenka! Nemohla toho moc dělat

Se acostó de lado

lehla si na bok

Y miró al jardín con un ojo

a jedním okem nahlédla do zahrady

Pero salir adelante era más desesperado que nunca

ale dostat se sem bylo beznadějnější než kdy jindy

Se sentó y comenzó a llorar de nuevo

Posadila se a znovu se rozplakala

Siguió derramando galones de lágrimas

Pokračovala v prolévání galonů slz

Pronto había un gran estanque a su alrededor

Brzy byla kolem ní velká kaluž

Y el agua llegaba hasta la mitad del pasillo

a voda sahala až do poloviny chodby

Al cabo de un rato, oyó un pequeño golpeteo de pies

Po chvíli zaslechla lehké cupitání nohou

Oyó los pasos que venían de lejos

z dálky slyšela přicházet kroky

Y se secó los ojos apresuradamente para ver lo que venía

a rychle si osušila oči, aby viděla, co přijde

Era el Conejo Blanco que regresaba

Byl to vracející se Bílý králík

Iba espléndidamente vestido

Byl nádherně oblečen

Tenía un par de guantes blancos en una mano

V jedné ruce držel pár bílých rukavic

y tenía un gran abanico de plumas en la otra mano

a v druhé ruce měl velký vějíř z peří

Llegó trotando a toda prisa

Klusal ve velkém spěchu

y murmuró para sí: "¡Oh! ¡La duquesa, la duquesa!

a zamumlal si pro sebe: "Ach! Vévodkyně, vévodkyně!"

—¡Oh! ¡No será salvaje si la he hecho esperar!

"Ach! nebude divoká, když jsem ji nechal čekat!"

Cuando el Conejo se acercó a ella, Alicia habló
Když se k ní Králík přiblížil, Alenka promluvila
Pero ella hablaba en voz baja y tímida
ale mluvila tichým, bázlivým hlasem
"Señor, por favor, deje de hacer lo que está haciendo por un momento"
"Pane, prosím, přestaňte na okamžik s tím, co děláte"
El Conejo se sobresaltó violentamente
Králík sebou prudce polekal
Dejó caer los guantes blancos y el abanico de plumas
Upustil bílé rukavice a vějíř z peří
Y se escabulló en la oscuridad lo más rápido que pudo
a uháněl pryč do tmy, jak nejrychleji dovedl
Alicia recogió el abanico de plumas y los guantes
Alenka sebrala vějíř a rukavice
Y no paraba de abanicarse mientras seguía hablando
a ona se ovívala, zatímco mluvila
"¡Querido, querido! ¡Qué extraño es todo hoy!"
"Drahý, drahý! Jak je to dnes všechno podivné!"
"Ayer las cosas siguieron como siempre"
"Včera to šlo jako obvykle"
—¿Era yo el mismo cuando me levanté esta mañana?

"Byl jsem stejný, když jsem dnes ráno vstal?"
"Pero si no soy el mismo, hay otra cuestión"
"Ale pokud nejsem stejný, je tu jiná otázka"
"¿Quién demonios soy yo?"
"Kdo proboha jsem?"
"¡Ah, ese es el gran rompecabezas!"
"Ach, to je ta velká hádanka!"
Al decir esto, se miró las manos
Když to říkala, podívala se dolů na své ruce
Llevaba uno de los Conejos, gusanos blancos
Měla na sobě jednu z králíkových malých bílých rukavic
No se había dado cuenta de que se había puesto el guante mientras hablaba
Nevšimla si, že si rukavici nasadila, když mluvila
"¿Cómo pude haber hecho eso?", pensó
"Jak jsem to mohla udělat?" pomyslela si
"Debo estar haciéndome pequeño otra vez"
"Musím být zase malý"
Se levantó y se acercó a la mesa para medir su altura
Vstala a šla ke stolu, aby si změřila svou výšku
Descubrió que ahora medía aproximadamente medio metro de altura
Zjistila, že je nyní asi půl metru vysoká
Y ella seguía encogiéndose rápidamente
a ona se stále rychle zmenšovala
Pronto descubrió cuál era la causa del encogimiento
Brzy zjistila, co je příčinou tohoto zmenšování
¡El abanico de plumas la estaba haciendo más pequeña de nuevo!
Péřový vějíř ji zase zmenšoval!
Y dejó caer el abanico de plumas apresuradamente
a spěšně upustila péřový vějíř
Dejó caer el abanico de plumas justo a tiempo para salvarse
Upustila vějíř právě včas, aby se zachránila
Si se hubiera abanicado por más tiempo, se habría encogido por completo
Kdyby se ještě ovívala, byla by se úplně scvrkla

-¡Ha sido una fuga por los pelos! -dijo Alicia-
"To byl jen o vlásek únik!" řekla Alenka
Y se asustó mucho ante el cambio repentino
a ona se té náhlé změny velmi polekala
pero estaba muy contenta de encontrarse todavía en existencia
ale byla velmi ráda, že zjistila, že ještě existuje
—¡Y ahora, al jardín!
"A teď do zahrady!"
Y corrió a toda prisa hacia la puertecita
A běžela vší rychlostí zpátky k malým dveřím
Pero, ¡ay! La puertecita se cerró de nuevo
ale běda! Malá dvířka byla opět zavřená
Y la pequeña llave de oro volvía a estar sobre la mesa de cristal
a ten zlatý klíček zase ležel na skleněném stole
"Las cosas están peor que nunca", pensó el pobre niño
"Věci jsou horší než kdy jindy," pomyslilo si ubohé dítě
"Nunca antes había sido tan pequeño como esto, ¡nunca!"
"Nikdy předtím jsem nebyla tak malá, nikdy!"
Al decir estas palabras, su pie resbaló
Při těchto slovech jí uklouzla noha
¡Y en otro momento hubo un gran chapoteo!
a v dalším okamžiku se ozvalo velké šplouchnutí!
Estaba sumergida en agua salada hasta la barbilla
byla až po bradu ve slané vodě
Su primera idea fue que de alguna manera había caído al mar
Její první myšlenka byla, že nějak spadla do moře
Sin embargo, pronto se dio cuenta de en qué estaba metida
Brzy si však uvědomila, v čem je
Estaba en un charco de lágrimas
byla v kaluži slz
las lágrimas que había llorado cuando tenía dos metros de altura
Slzy, které plakala, když byla dva metry vysoká

Justo en ese momento escuchó algo
V tu chvíli něco zaslechla
Algo chapoteaba en la piscina
Něco šplouchalo v bazénu
El chapoteo venía de un poco más lejos
Šplouchání přicházelo z malé dálky
Y se acercó nadando para ver qué era el chapoteo
a plavala blíž, aby se podívala, co je to za šplouchání
Pronto vio que era solo un ratoncito
brzy poznala, že je to jen malá myška
El ratoncito también se había metido en el agua
Myška také vklouzla do vody
Alicia pensó para sí misma sobre la situación
Alenka se zamyslela nad situací
—¿Serviría de algo hablar con este ratón?
"Mělo by smysl mluvit s tou myší?"
"Aquí todo está tan al revés"
"Všechno je tu tak vzhůru nohama"
"Creo que es muy probable que este ratón pueda hablar"
"Řekl bych, že tahle myš pravděpodobně umí mluvit."

"En cualquier caso, no hay nada de malo en intentarlo"
"V každém případě není na škodu to zkusit"
Así que empezó a tratar de hablar con el ratón
Začala se tedy snažit s myší mluvit
"Oh Ratón, ¿conoces la forma de salir de esta piscina?"
"Ach, Myško, znáš cestu ven z téhle tůně?"
—¡Estoy muy cansado de nadar por aquí, oh ratón!
"Už mě nebaví tady plavat, ó Myško!"
El ratón la miró con curiosidad
Myš se na ni podívala dost zvědavě
El ratón parecía guiñar un ojo con uno de sus ojitos
Myš jako by mrkala jedním ze svých malých očí
Pero el ratoncito no dijo nada
ale myška neříkala nic
"A lo mejor el ratón no entiende inglés", pensó Alicia
"Snad myš nerozumí anglicky," pomyslila si Alenka
"Me atrevo a decir que es un ratón francés"
"Troufám si říct, že je to francouzská myš"
"tal vez este ratón vino con Guillermo el Conquistador"
"možná tato myš přišla s Vilémem Dobyvatelem"
Así que empezó de nuevo, en francés
Začala tedy znovu, francouzsky
"¿Dónde está mi gato?", preguntó en francés
"Kde je moje kočka?" zeptala se francouzsky
era la primera frase de su libro de clases de francés
byla to první věta v její učebnici francouzštiny
El Ratón dio un súbito salto fuera del agua
Myš náhle vyskočila z vody
y el ratón pareció temblar de miedo
a myš se zdála být celá chvějena strachem
**-¡Oh, le ruego que me perdone! -exclamó Alicia
apresuradamente-**
"Ó, prosím za odpuštění!" zvolala Alenka spěšně
Temía haber herido los sentimientos del pobre animal
bála se, že se dotkla citů ubohého zvířátka
"Olvidé que no te gustaban los gatos"
"Úplně jsem zapomněl, že nemáte rád kočky"

—¡No me gustan los gatos! —exclamó el ratón con voz estridente y apasionada—

"Nemám ráda kočky!" zvolala Myška pronikavým, vášnivým hlasem

—¿Te gustaría tener gatos, si fueras yo?

"Chtěl bys na mém místě kočky?"

Alicia consoló al ratón en un tono tranquilizador

Alenka utěšovala myš konejšivým tónem

"Bueno, tal vez a mí tampoco me gustarían los gatos si fuera tú"

"No, na tvém místě bych možná neměl rád kočky."

"Por favor, no te enfades por la mención de los gatos"

"Prosím, nezlobte se kvůli zmínce o kočkách"

"Y, sin embargo, desearía poder mostrarte a nuestra gata Dinah"

"A přece bych si přála, abych vám mohla ukázat naši kočku Mindu"

"Si la conocieras, creo que te encapricharías de los gatos"

"Kdybys ji potkal, myslím, že bys si oblíbil kočky"

"Si tan solo pudieras verla"

"Kdybys ji tak mohl vidět"

"Es una cosa tan querida y tranquila"

"Je to taková drahá, tichá věc"

El ratón temblaba por todas partes

Myš se třásla po celém těle

Alicia estaba segura de que el ratón debía de estar realmente ofendido

Alenka byla jista, že myš musí být doopravdy uražena

"No hablaremos más de ella, si prefieres no hacerlo"

"Už o ní nebudeme mluvit, pokud nechceš."

-¡Nosotros, en efecto! -exclamó el Ratón-

"Opravdu!" zvolala Myška

El ratón temblaba hasta la punta de la cola

Myš se třásla až po konec ocasu

—¡Como si fuera a hablar de un tema así!

"Jako bych chtěl o něčem takovém mluvit!"

"Nuestra familia siempre odió a los gatos"

"Naše rodina vždy nenáviděla kočky"
"Gatos; ¡Cosas desagradables, bajas, vulgares!"
"kočky; Ošklivé, nízké, vulgární věci!"
"¡No dejes que vuelva a escuchar el nombre!"
"Nedovolte, abych znovu slyšel to jméno!"
-¡No volveré a hablar de los gatos! -dijo Alicia-
"O kočkách se opravdu nechci znovu zmiňovat!" řekla Alenka
Tenía mucha prisa por cambiar de tema
Velmi spěchala, aby změnila téma
"¿Eres tú... ¿Te gustan los perros?
"Jste... Máte rád psy?"
"Hay un perrito tan simpático cerca de nuestra casa"
"Nedaleko našeho domu je takový pěkný pejsek,"
—¡Me gustaría enseñarte el perrito!
"Ráda bych vám ukázala toho psíka!"
"Este perrito mata a todas las ratas y...
"Tento malý pes zabíjí všechny krysy a...
-¡Oh, querida! -exclamó Alicia en tono triste-
"Ach, bože!" zvolala Alenka smutným tónem
"¡Me temo que te he ofendido de nuevo!"
"Obávám se, že jsem vás zase urazila!"
El ratón se alejaba nadando de ella tan rápido como podía
Myš od ní plavala pryč, jak nejrychleji to šlo
y el ratón hizo un gran alboroto en la piscina
a myš způsobila v bazénu docela rozruch
Así que llamó suavemente al ratón
A tak tiše zavolala za myší
"¡Mi querido ratón, por favor vuelve!"
"Milá Myško, vrať se, prosím!"
"Y no hablaremos de gatos"
"A nebudeme mluvit o kočkách"
"Y tampoco tenemos que hablar de perros"
"A nemusíme mluvit ani o psech"
Cuando el ratón escuchó esto, se dio la vuelta
Když to myš uslyšela, otočila se
Y el ratoncito nadó lentamente de regreso a ella
a myška zvolna plavala zpátky k ní

La cara del ratón estaba bastante pálida
Myší tvář byla docela bledá
Y el ratón habló, en voz baja y temblorosa
a myš promluvila tichým, chvějícím se hlasem
"Vamos a la orilla"
"Pojďme na břeh"
"y luego te contaré mi historia"
"a pak vám povím svou historii"
"y entenderás por qué odio a los gatos y a los perros"
"a pochopíte, proč nenávidím kočky a psy"
Ya era hora de partir
Byl nejvyšší čas odejít
porque la piscina se estaba llenando bastante
protože bazén začínal být docela přeplněný
Otros pájaros y animales habían caído en el estanque
další ptáci a zvířata spadli do tůně
había un pato y un dodo
byla tam kachna a blboun největší
y había un pájaro lori y un aguilucho
a byla tam i Lory bird a Eaglet
Y había varias otras criaturas de aspecto interesante
a bylo tam několik dalších zajímavě vypadajících tvorů
Alicia abrió el camino para salir de la piscina
Alice vedla cestu ven z bazénu
Y todo el grupo de animales nadó hasta la orilla
a celá skupina zvířat doplavala ke břehu

Una carrera de caucus y una larga cola
Volební závod a dlouhý chvost
De hecho, eran un grupo de animales de aspecto gracioso
Byla to opravdu legračně vypadající banda zvířat
Y todos se reunieron a la orilla del agua
a všichni se shromáždili na břehu vody
Todos los pájaros tenían las plumas desaliñadas
všichni ptáci měli rozcuchané peří
y los animales peludos estaban empapados
a chlupatá zvířátka byla promočená skrz naskrz
y todos estaban empapados, molestos e incómodos
a všichni byli mokří, otrávení a nepohodlní

Había una pregunta que había que responder primero
Nejprve bylo třeba odpovědět na jednu otázku
¿Cuál es la mejor manera de que todos se sequen?
Jaký je nejlepší způsob, jak se všichni mohou osušit?
Tuvieron una consulta sobre este asunto
O této záležitosti se poradili
Pronto todos se sintieron en términos familiares

Brzy se všichni dobře znali
Era como si los conociera de toda la vida
bylo to, jako by je znala celý život
El ratón parecía ser una persona de cierta autoridad
Myš se zdála být osobou s nějakou autoritou
"¡Siéntense todos y escúchenme!
"Posaďte se všichni a poslouchejte mě!"
"¡Pronto los volveré a secar!"
"Brzy vás všechny zase usuším!"
Se sentaron todos a la vez, en un gran círculo
Všichni se najednou posadili do velkého kruhu
y el ratoncito se sentó en el medio
a myška seděla uprostřed
—¡Ejem! —dijo el ratón con aire importante—
"Ehm!" řekla myš s důležitým výrazem
"¿Están todos listos?"
"Jste všichni připraveni?"
"Esto es lo más seco que conozco"
"To je ta nejsušší věc, kterou znám"
—¡Silencio por todas partes, por favor!
"Ticho všude kolem, prosím!"
"Guillermo el Conquistador fue favorecido por el Papa"
"Vilém Dobyvatel byl papežem oblíbený"
"pero pronto fue sometido por los ingleses"
"ale brzy se mu podřídili Angličané"
"Últimamente querían líderes"
"V poslední době chtěli lídry"
"Y se habían acostumbrado al poder y a la conquista"
"a byli zvyklí na moc a dobývání"
"Edwin y Morcar, los condes de Mercia y Northumbria"
"Edwin a Morcar, hrabata z Mercie a Northumbrie"
—¡Uf! —exclamó el pájaro lori con un escalofrío—
"Fuj!" řekl pták lori a zachvěl se
"e incluso Stigand, el patriota arzobispo de Canterbury"
"a dokonce i Stigand, vlastenecký arcibiskup z Canterbury"
"A él también le pareció aconsejable"
"Také to považoval za vhodné"

-¿Qué le pareció aconsejable? -dijo el pato-
"Co považoval za vhodné?" řekla kachna
—Le pareció aconsejable —replicó el ratón con cierto
enfado—
"Považoval to za vhodné," odpověděla myš poněkud mrzutě
Pero el pato no estaba satisfecho
ale kachna nebyla spokojena
"Por supuesto, ya sabes lo que significa"
"Samozřejmě, že víte, co znamená 'to'"
—Sé lo que es cuando encuentro una cosa —dijo el pato—
"Vím, co to je, když něco najdu," řekla kachna
"Generalmente es una rana o un gusano"
"obvykle je to žába nebo červ"
"La pregunta es, ¿qué encontró el arzobispo?"
"Otázkou je, co arcibiskup zjistil?"
El ratón no se dio cuenta de esta pregunta
Myš si této otázky nevšimla
En cambio, el ratón continuó apresuradamente con el
discurso
Místo toho myš spěšně pokračovala v řeči
"le pareció aconsejable ir con Edgar Atheling"
"považoval za vhodné jít s Edgarem Athelingem"
"para encontrarme con Guillermo y ofrecerle la corona"
"setkat se s Williamem a nabídnout mu korunu"
el ratón continuó, volviéndose hacia Alicia mientras hablaba
pokračovala myš, obracejíc se při těch slovech k Alence
—¿Cómo te va ahora, querida?
"Jak se ti daří teď, má drahá?"
—Tan mojado como siempre —dijo Alicia en tono
melancólico—
"Tak mokrý jako vždycky," řekla Alenka melancholickým
tónem
"Esta historia no parece que me seque en absoluto"
"Zdá se, že mě tento příběh vůbec nevysušuje"
—En ese caso —dijo solemnemente el dodo, poniéndose en
pie—
"V tom případě," řekl Blboun slavnostně a vstal

"**Voto que se levante la sesión**"

"Hlasuji pro odročení schůze"

"**y propongo la adopción inmediata de remedios más enérgicos**"

"a navrhuji okamžité přijetí energičtějších prostředků"

—¡Di palabras de verdad! —dijo el aguilucho—

"Mluv opravdová slova!" řekl orel

"**No conozco el significado de la mitad de esas palabras largas**"

"Neznám význam poloviny těch dlouhých slov"

—¡Y, lo que es más, tampoco creo que tú lo sepas!

"a co víc, nevěřím, že to víš ani ty!"

—Lo que iba a decir —dijo el dodo en tono ofendido—

"Co jsem chtěl říct," řekl Blboun uraženým tónem

"**Lo mejor para deshacernos sería una contienda electoral**"

"Nejlepší věc, která by nás osušila, by byl volební klání"

—¿Qué es una contienda electoral? —preguntó Alicia

"Co je to volební klání?" zeptala se Alenka

—Bueno —dijo el dodo—, la mejor manera de explicarlo es hacerlo.

"Nu," řekl Blboun nejkrásnější, "nejlepší způsob, jak to vysvětlit, je udělat to."

"Primero el dodo trazó un hipódromo"

"Blboun první vyznačil dráhu závodu"

"La pista estaba en una especie de círculo"

"Skladba se točila v jakémsi kruhu"

"Y luego todo el grupo se colocó a lo largo del recorrido"

"a pak se celá skupina rozmístila podél trati"

No hubo "¡Uno, dos, tres y fuera!"

Nebylo tam žádné "Jedna, dvě, tři a pryč!"

pero empezaron a correr cuando quisieron

ale začali běhat, když se jim zachtělo

Y también terminaban cuando querían

a také končili, když se jim zachtělo

Así que no era fácil saber cuándo había terminado la carrera

Nebylo tedy jednoduché poznat, kdy je po závodě

Después de media hora más o menos de correr, todos estaban bastante secos

asi po půl hodině běhu byli všichni docela suší

el dodo gritó de repente: "¡La carrera ha terminado!"

Blboun náhle zvolal: "Závody jsou u konce!"

Y todos se agolparon alrededor del dodo

a všichni se shlukli kolem Blbouna nejapného

Todos los animales jadeaban y resoplaban

Všechna zvířata lapala po dechu a funěla

y todos querían saber: "¿Pero quién ha ganado?"

a všichni chtěli vědět: "Ale kdo vyhrál?"

El dodo no pudo responder de inmediato a esta pregunta

Na tuto otázku nemohl blboun okamžitě odpovědět

Primero tuvo que pensar mucho

Nejprve musel hodně přemýšlet

Después de pensarlo mucho, el Dodo finalmente habló

Po dlouhém přemýšlení Blboun konečně promluvil

"Todos han ganado y todos deben tener premios"

"Každý vyhrál a všichni musí mít ceny"

**"¿Pero quién va a dar los premios?", preguntó un coro de
voces**
"Ale kdo má ty ceny předat?" zeptal se sbor hlasů
—Bueno, ella, por supuesto —dijo el dodo—
"No, ona, ovšem," řekl Blboun
y el dodo señaló con un dedo a Alicia
a Blboun ukázal prstem na Alenku
y todo el grupo de animales se agolpó a su alrededor
a celá skupina zvířat se kolem ní shlukla
gritaron, de manera confusa: "¡Premios! ¡Premios!"
zmateně volali: "Ceny! Ceny!"
Alicia no tenía ni idea de qué hacer
Alenka neměla zdání, co si počít
Desesperada, se metió la mano en el bolsillo
V zoufalství strčila ruku do kapsy
Y sacó una caja de dulces
a vytáhla krabici sladkostí
Por suerte, el agua salada no había entrado en la caja
Slaná voda se naštěstí do bedny nedostala
Y repartió los dulces como premios
a sladkosti rozdávala jako ceny
Había exactamente una pieza para todos
Pro každého se našel přesně jeden kus
Lo siguiente que tenían que hacer era comer los dulces
Další věc, kterou museli udělat, bylo sníst sladkosti
Esto causó algo de ruido y confusión
To způsobilo určitý hluk a zmatek
**Los grandes pájaros se quejaban de que no podían saborear
sus dulces**
velcí ptáci si stěžovali, že nemohou ochutnat jejich sladkosti
**Los pequeños se ahogaron y hubo que darles palmaditas en
la espalda**
Ti malí se dusili a museli je poplácávat po zádech
Sin embargo, al fin se acabó
Konečně však bylo po všem
y se sentaron de nuevo en un anillo
a opět se posadili do kruhu

Y le rogaron al ratón que les dijera algo más
a prosili myšku, aby jim ještě něco řekla
—Prometiste contarme tu historia, ¿sabes? —dijo Alicia—
"Slíbila jste mi, že mi povíte příběh svého života, nezapomněla
jste," řekla Alenka
E hizo otro pequeño comentario sobre los gatos en un
susurro
a šeptem pronesla ještě jednu drobnou poznámku o kočkách
No quería volver a ofender al ratón
Nechtěla znovu urazit myš
el ratoncito se volvió hacia Alicia y suspiró
myška se obrátila k Alence a vzdychla
—¡La mía es una larga y triste historia!
"Můj příběh je dlouhý a smutný!"
—Es una cola larga, sin duda —dijo Alicia—
"Je to zajisté dlouhý ocas," řekla Alenka
Y miró con asombro la cola del ratón
a s údivem pohlédla dolů na myší ocásek
—¿Pero por qué le llamas cola triste?
"Ale proč tomu říkáte smutný ocas?"
Y ella seguía desconcertada al respecto mientras el ratón
hablaba
A lámala si nad tím hlavu při řeči myši
de modo que su idea del cuento era más o menos así
takže její představa příběhu byla asi taková,

"Fury said to
a mouse, That
he met in the
house, 'Let
us both go
to law: *I*
will prosecute
you.——
Come, I'll
take no denial:
We must have
the trial;
For really
this morning
I've
nothing
to do.'
Said the
mouse to
the cur,
'Such a
trial, dear
sir, With
no jury
or judge,
would
be wasting
our
breath.'
'I'll be
judge,
I'll be
jury,'
said
cunning
old
Fury;
'I'll
try
the
whole
cause,
and
condemn
you to
death.'"

Furia le dijo a un ratón: "Que se encontró en la casa"

Fury řekl myši, že se setkal v domě."

Vayamos los dos a la ley: yo te procesaré

Pojďme se oba soudit: budu vás stíhat

Vamos, no aceptaré ninguna negación: debemos tener el juicio

Pojďte, nebudu popírat: musíme mít soud

Porque realmente esta mañana no tengo nada que hacer

Protože dnes ráno opravdu nemám co dělat

Dijo el ratón al cur;

Řekla myš kletbě;

Un juicio así, querido señor, sin jurado ni juez, sería una

pérdida de aliento
Takový proces, drahý pane, bez poroty nebo soudce, by byl
ztrátou dechu
—Seré juez, seré jurado —dijo el astuto viejo Fury—
"Já budu soudce, budu porotce," řekl mazaný starý Fury
Juzgaré toda la causa y te condenaré a muerte
Vyzkouším celou věc a odsoudím vás k smrti
el ratón le habló severamente a Alicia
myš mluvila k Alence přísně
"¡No estás prestando atención!"
"Nedáváte pozor!"
—¿En qué estás pensando?
"Na co myslíš?"
—Le ruego que me perdone —dijo Alicia muy
humildemente—
"Promiňte," řekla Alenka pokorně
– ¿Habías llegado a la quinta curva, creo?
"Myslím, že jste se dostal do páté zatáčky?"
"¡Me insultas diciendo tales tonterías!"
"Urážíte mě takovými nesmysly!"
Y el ratón se levantó y se alejó
a myš vstala a odešla
Alicia llamó al ratoncito
Alice zavolala za malou myškou
"¡Por favor, regresa y termina tu historia!"
"Prosím, vraťte se a dokončete svůj příběh!"
Y todos los demás se unieron a coro
A všichni ostatní se sborově připojili
"¡Sí, por favor, termine su historia!"
"Ano, prosím, dokonči svůj příběh!"
Pero el ratón se limitó a negar con la cabeza con impaciencia
Myš však jen netrpělivě zavrtěla hlavou
Y el ratoncito caminó un poco más rápido
a myška šla o něco rychleji
—¡Ojalá tuviera aquí a Dinah, nuestra gata! —dijo Alicia—
"Kéž bych tu měla Mindu, naši kočku!" řekla Alenka
Esto causó una notable sensación entre el grupo

To vyvolalo ve společnosti pozoruhodný rozruch
Algunos de los pájaros se apresuraron a huir de inmediato
Někteří ptáci okamžitě odspěchali
y un canario gritó con voz temblorosa a sus hijos;
a Kanárek volal chvějícím se hlasem na své děti;
—¡Váyanse, queridos míos!
"Pojďte pryč, miláčku!"
"¡Ya es hora de que estén todos en la cama!"
"Je nejvyšší čas, abyste byli všichni v posteli!"
Con varias excusas se fueron todos
S různými výmluvami všichni odešli
y Alicia no tardó en quedarse sola
a Alenka brzy zůstala sama
—¡Ojalá no hubiera mencionado a Dinah!
"Škoda, že jsem se nezmínila o Mindě!"
"Parece que a nadie le gusta aquí abajo"
"Zdá se, že ji tady dole nikdo nemá rád"
—¡Pero estoy seguro de que es la mejor gata del mundo!
"ale jsem si jistá, že je to ta nejlepší kočka na světě!"
La pobre Alicia se echó a llorar de nuevo
Ubohá Alenka se opět dala do pláče
porque se sentía muy sola y desanimada
protože se cítila velmi osamělá a skleslá
Al cabo de un rato, sin embargo, volvió a oír algo
Za malou chvíli však opět něco zaslechla
un pequeño golpeteo de pasos a lo lejos
Malé cupitání kroků v dálce
Y ella miró hacia arriba ansiosamente
a dychtivě vzhlédla

El conejo manda al pequeño Sr. Bill
Králík pošle malého pana Billa

Era el conejo blanco, que volvía trotando lentamente
Byl to bílý králík, který zase pomalu klusal zpátky
Miraba a su alrededor ansiosamente mientras se alejaba
Cestou se úzkostlivě rozhlížel
Parecía como si hubiera perdido algo
Vypadal, jako by něco ztratil
Alicia le oyó murmurar para sí misma
Alenka ho slyšela, jak si pro sebe něco mumlá
—¡La duquesa! ¡La duquesa! ¡Oh, mis queridas patas!
"Vévodkyně! Vévodkyně! Ach, mé drahé tlapky!"
—¡Oh, mi pelo y mis bigotes!
"Ach, moje srst a vousy!"
"Ella hará que me ejecuten, estoy seguro de eso"
"Ona mě nechá popravit, tím jsem si jistý"
—¡Tan cierto como que los hurones son hurones!
"Stejně tak jistě, jako jsou fretky fretky!"
"¿Dónde puedo haber dejado mis cosas, me pregunto?"
"Zajímalo by mě, kam jsem mohl upustit své věci?"

Alicia adivinó en un momento lo que estaba buscando
Alenka ihned uhodla, co hledá
Buscaba el abanico de plumas
Hledal vějíř peří
Y buscaba el par de guantes blancos
a hledal pár bílých rukavic
Así que ella, muy bondadosamente, comenzó a buscar los guantes
A tak se velmi dobromyslně začala po rukavicích poohlížet
Y también buscó el abanico de plumas
a také se podívala po vějíři z peří
Pero los guantes y el abanico de plumas no se veían por ninguna parte
ale rukavice a vějíř z peří nebyly nikde vidět
Todo parecía haber cambiado desde que se bañó en la piscina
Zdálo se, že se všechno změnilo od té doby, co plavala v bazénu
Nada era igual desde que estaba en el Gran Salón
Nic nebylo jako dřív od té doby, co byla ve Velké síni
y la mesa de cristal había desaparecido
a skleněný stůl zmizel
Y la puertecita tampoco estaba allí
a malá dvířka tam také nebyla
Muy pronto el conejo se fijó en Alicia
Brzy si králík všiml Alenky
—la llamó en tono airado
Zavolal na ni rozzlobeným tónem
—Mary Ann, ¿qué haces aquí?
"Mary Ann, co tady děláš?"
"Corre a casa en este momento"
"Utíkej teď domů"
—¡Y tráeme un par de guantes y un abanico de plumas!
"A přineste mi pár rukavic a vějíř z peří!"
—¡Y date prisa!
"A pospěšte si!"
Alicia se habló a sí misma mientras salía corriendo

Alenka mluvila sama k sobě, když odběhla
—¡Debe de haberme confundido con su criada!
"Asi si mě spletl se svou služkou!"
"¡Qué sorpresa se quedará cuando se entere de quién soy!"
"Jak bude překvapený, až zjistí, kdo jsem!"
Al decir esto, se encontró con una casita pulcra
Když to dořekla, narazila na úhledný domek
En la puerta de la casa había una placa de bronce brillante
Na dveřích domu byla zářivá mosazná deska
"W. CONEJO"
"W. KRÁLÍK"
Entró sin llamar a la puerta
Vešla dovnitř, aniž by zaklepala na dveře
Y se apresuró a subir las escaleras
a spěchala rovnou nahoru
le preocupaba conocer a la verdadera Mary Ann
bála se, že by mohla potkat skutečnou Mary Ann
porque entonces la echarían de la casa
protože pak by byla vyhozena z domu
Y no sería capaz de encontrar el abanico de plumas y los guantes
a nemohla by najít vějíř z peří a rukavice
Alicia había encontrado el camino hacia una pequeña habitación ordenada
Alenka našla cestu do úhledného pokojíku
En la habitación había una mesa junto a la ventana
V místnosti byl stůl u okna
y sobre la mesa había un abanico de plumas
a na stole byl péřový vějíř
Y había dos o tres pares de diminutos guantes blancos
a byly tam dva nebo tři páry malých bílých rukavic
Cogió el abanico de plumas y un par de guantes
Sebrala vějíř z peří a pár rukavic
Y estaba a punto de salir de la habitación
a ona se právě chystala odejít z pokoje
Pero entonces sus ojos se posaron en una botellita
ale pak její oči padly na malou lahvičku

Descorchó la botella y se la llevó a los labios
Odzátkovala láhev a přiložila si ji ke rtům
"Espero que me haga crecer de nuevo"
"Doufám, že díky tomu zase vyrostu"
"¡Estoy cansada de ser una cosita tan pequeña!"
"Už mě nebaví být tak maličkou věcíčkou!"
Alicia apenas se había bebido la mitad de la botella
Alenka vypila sotva polovinu láhve
Su cabeza ya estaba presionada contra el techo
její hlava už se tiskla ke stropu
Y tuvo que agacharse
a musela se sehnout
para salvar su cuello de ser roto
aby zachránila svůj vaz před zlomením
Dejó apresuradamente la botella
Spěšně láhev odložila
"Con eso basta"
"To je úplně dost"
"Espero no crecer más"
"Doufám, že už nerostu"
¡Ay! ¡Era demasiado tarde para desearlo!
Běda! Bylo příliš pozdě na to, abychom si to přáli!
Ella siguió creciendo y creciendo
Rostla a rostla
y muy pronto tuvo que arrodillarse en el suelo
a velmi brzy musela pokleknout na podlahu
Y aun así siguió creciendo
a i tak rostla
Como último recurso, sacó un brazo por la ventana
Jako poslední útočiště vystrčila jednu ruku z okna
Y metió un pie por la chimenea
a vystrčila jednu nohu do komína
"Ahora no puedo hacer más, pase lo que pase"
"Teď už nemohu dělat víc, ať se děje cokoli"
—¿Qué será de mí?
"Co se mnou bude?"

Alicia tuvo un poco de suerte
Alenka měla trochu štěstí
La pequeña botella mágica había tenido todo su efecto
Malá kouzelná lahvička měla svůj plný účinek
y Alicia no creció más de lo que era
a Alenka již nevyrostla do větší velikosti, než byla
Al cabo de unos minutos oyó una voz en el exterior
Po několika minutách uslyšela venku hlas
Y se detuvo a escuchar la voz
a zastavila se, aby naslouchala hlasu
—¡María Ana! ¡Mary Ann! -dijo la voz-
"Mary Ann! Mary Ann!" řekl hlas
"¡Tráeme mis guantes en este momento!"
"Přineste mi hned moje rukavice!"
Luego se oyó un pequeño golpeteo de pies en la escalera
Pak se ozvalo malé cupitání po schodech
Alicia supo que era el conejo que venía a buscarla
Alenka věděla, že to králík přichází ji hledat
Y tembló hasta hacer temblar la casa
a třásla se, až se dům třásl

Se olvidó por completo de sus proporciones
úplně zapomněla, jaké jsou její proporce
Era mil veces más grande que el conejo
byla tisíckrát větší než králík
Y no tenía por qué temer a un conejo
a neměla důvod bát se králíka
De pronto, el conejo se acercó a la puerta
Zanedlouho králík přišel ke dveřím
Y el conejito trató de abrir la puerta
a králíček se pokusil otevříti dveře
La puerta comenzó a abrirse hacia adentro
dveře se začaly otevírat dovnitř
pero el codo de Alicia estaba apretado con fuerza contra la puerta
Alenka však měla loket pevně přitisknutý ke dveřím
Ese intento resultó un fracaso
Tento pokus se ukázal jako neúspěšný
Alicia oyó que el conejo se hablaba a sí mismo
Alenka slyšela králíka mluvit sám k sobě
"Entonces daré la vuelta y entraré por la ventana"
"Tak to obejdu a dostanu se dovnitř oknem"
«¡Que no lo harás!», pensó Alicia
"To nebudete!" pomyslila si Alenka
Y volvió a esperar un poco
a opět chvíli počkala
Pronto oyó al conejo justo debajo de la ventana
Brzy uslyšela králíka přímo pod oknem
De repente extendió la mano
Náhle roztáhla ruku
Y ella hizo un arrebato en el aire
a chňapla po vzduchu
No se apoderó de nada
Nic se jí nepodařilo sehnat
Pero oyó un pequeño alarido y una caída
ale zaslechla slabý výkřik a pád
Y oyó el estrépito de cristales rotos
a uslyšela řinčení rozbitého skla

Tal vez el conejo se había caído
možná králík spadl
Tal vez estaba en un invernadero
Možná byl ve skleníku
Luego se oyó una voz airada; La voz del conejo
Pak se ozval rozzlobený hlas; Králičí hlas
"Pat, ¿dónde estás?"
"Pate, kde jsi?"
Y entonces llegó una voz que nunca antes había oído
A pak se ozval hlas, který nikdy předtím neslyšela
"¡Su señoría, estoy aquí!"
"Vaše ctihodnosti, jsem tady!"
"Estoy cavando en busca de manzanas"
"Kopu jablka"
"¡Aquí! ¡Ven y ayúdame a salir de esto!"
"Tady! Pojďte a pomozte mi z toho!"
—Ahora dime, Pat, ¿qué es eso que hay en la ventana?
"A teď mi pověz, Pat, co je to v tom okně?"
"Claro, su señoría, se lo diré"
"Jistě, vaše ctihodnosti, povím vám to"
"¡Es un brazo que está en la ventana!"
"To je ruka, co je v okně!"
"Bueno, un brazo no tiene nada que hacer allí"
"No, ruka tam nemá co dělat"
"¡Ve y quítate el brazo!"
"Jdi a vezmi tu paži pryč!"
Hubo un largo silencio después de esto
Poté nastalo dlouhé ticho
y Alicia sólo podía oír susurros de vez en cuando
a Alenka slyšela jen tu a tam šeptání
Y, por fin, volvió a extender la mano
a nakonec znovu roztáhla ruku
Y ella hizo otro arrebato en el aire
a udělala další chňapnutí do vzduchu
Esta vez hubo dos pequeños chillidos
Tentokrát se ozvaly dva malé výkřiky
y se escucharon más sonidos de vidrios rotos

a ozvaly se další zvuky rozbitého skla

«¡Me pregunto qué harán ahora!», pensó Alicia

"To jsem zvědavá, co udělají příště!" pomyslila si Alenka

"Ojalá me sacaran por la ventana"

"Přál bych si, aby mě vytáhli z okna"

Esperó un buen rato

Nějakou dobu čekala

Pero durante un rato no oyó nada más

ale nějakou dobu už nic neslyšela

Por fin se oyó el estruendo de unas ruedas

Konečně se ozvalo dunění malých koleček

Y se oyó el sonido de muchas voces

a ozvalo se mnoho hlasů

Todas las voces hablaban al unísono

Všechny hlasy mluvily spolu

Pudo distinguir algunas de las palabras

Dokázala rozeznat některá slova

—¿Dónde está la otra escalera?

"Kde je ten druhý žebřík?"

"Bill tiene la otra escalera"

"Bill má ten druhý žebřík"

"¡Bill, ven aquí!"

"Bille, pojď sem!"

—¿Soportará el techo la carga?

"Unese střecha tu zátěž?"

—¿Quién quiere bajar por la chimenea?

"Kdo chce jít komínem?"

—¡No, no lo haré! ¡Tú lo haces!"

"Ne, nebudu! Ty to dokážeš!"

—¡Aquí, Bill!

"Tady, Bille!"

"¡El maestro dice que tienes que bajar por la chimenea!"

"Mistr říká, že musíš jít dolů komínem!"

Alicia arrastró el pie por la chimenea todo lo que pudo

Alenka stáhla nohu komínem tak daleko, jak jen mohla

Y luego esperó a ver lo que venía

a pak čekala, co přijde

Escuchó a un animalito arañar y revolver
Slyšela, jak se malé zvíře škrábe a škrábe
El animalito debe estar en la chimenea
To zvířátko musí být v komíně
Luego dio una fuerte patada
Pak prudce kopla
Y esperó a ver qué pasaría después
a čekala, co se bude dít dál
Oyó un coro general de voces
Slyšela všeobecný chór hlasů
"¡Ahí va Bill!", dijeron todos
"Támhle jde Vaněk!" řekli všichni
Entonces oyó solo la voz del conejo
Pak uslyšela jen zajícův hlas
"¡Tú por el seto, atrápalo!"
"Vy u plotu, chyťte ho!"
Hubo otro momento de silencio
Nastala další chvíle ticha
Y entonces hubo otra confusión de voces
a pak nastal další zmatek hlasů
"Levanta la cabeza, Brandy"
"Zvedni mu hlavu, Brandy"
"Ten cuidado de no asfixiarlo"
"Dávej pozor, abys ho neudusil"
—¿Qué te pasó?
"Co se s tebou stalo?"
Por último, llegó una vocecita débil y chillona
Nakonec se ozval slabý, skřípavý hlásek
"Bueno, ya casi no sé"
"No, já už skoro nic nevím."
"Gracias a todos, ahora estoy mejor"
"děkuji vám všem, už je mi lépe"
"Hay una cosa que puedo recordar"
"je jedna věc, kterou si pamatuji"
"Algo viene hacia mí como un tren en un túnel"
"Něco na mě přijde jako vlak v tunelu"
"¡Y vuelo hacia arriba como un cohete!"

"a já letím vzhůru jako nebeská raketa!"
Hubo uno o dos minutos de silencio
Následovala minuta nebo dvě ticha
Y entonces empezaron a moverse de nuevo
a pak se zase dali do pohybu
y Alicia oyó hablar de nuevo al Conejo
a Alenka slyšela opět Králíka mluvit
"Un túmulo servirá, para empezar"
"Pro začátek bude stačit plný vozík"
«¿Un túmulo lleno de qué?», pensó Alicia
"Plnou mohylu čeho?" pomyslila si Alenka
Pero no la mantuvieron en suspenso por mucho tiempo
Nebyla však dlouho udržována v napětí
Una lluvia de guijarros entró por la ventana
oknem pronikla sprška malých oblázků
Y algunas de las piedrecitas le golpearon en la cara
a několik malých oblázků ji udeřilo do tváře
Alicia se sorprendió por los guijarros
Alenka byla překvapena malými oblázky
Todos los guijarros se estaban convirtiendo en pasteles
Všechny ty malé oblázky se měnily v koláče
Y una idea brillante se le ocurrió
a v hlavě se jí zrodil skvělý nápad
"Debería comerme uno de estos pasteles"
"Měl bych sníst jeden z těchto koláčů"
"El pastel seguramente hará algún cambio en mi tamaño"
"dort určitě udělá nějakou změnu v mé velikosti"
Así que se tragó uno de los pasteles
A tak jeden z koláčů spolkla
Y se alegró al descubrir que empezaba a encogerse
a byla potěšena, když zjistila, že se začíná zmenšovat
Pronto fue lo suficientemente pequeña como para pasar por la puerta
brzy byla dost malá, aby prošla dveřmi
Salió corriendo de la casa
Vyběhla z domu
Una multitud de animalitos y pájaros esperaban afuera

Venku čekal dav malých zvířat a ptáků
todos los pajaritos y animales se abalanzaron sobre Alicia
všichni ptáčci a zvířátka se na Alenku vrhli
Pero ella huyó lo más rápido que pudo
ale utíkala, jak nejrychleji mohla,
Y pronto se encontró a salvo en un espeso bosque
a brzy se ocitla v bezpečí v hustém lese
Alicia vagaba por el bosque
Alenka se toulala lesem
Y pensó para sí misma:
a pomyslila si:
"Sé lo que tengo que hacer primero"
"Vím, co musím udělat jako první"
"Primero tengo que volver a crecer hasta el tamaño adecuado"
"nejprve musím znovu vyrůst do své správné velikosti"
"Y luego tengo que encontrar mi camino hacia ese hermoso jardín"
"a pak musím najít cestu do té krásné zahrady"
"Supongo que debería comer o beber una cosa u otra"
"Předpokládám, že bych měl něco sníst nebo vypít"
"Pero la pregunta es ¿qué debo comer o beber?"
"Otázkou ale je, co mám jíst a pít?"
Alicia miró a su alrededor las flores
Alenka se rozhlédla kolem sebe po květinách
Y miró a través de las briznas de hierba
a dívala se skrz stébla trávy
pero no podía ver nada de comer ni de beber
ale neviděla nic, co by mohla jíst nebo pít
Nada parecía ser lo adecuado para comer o beber
Nic nevypadalo jako správná věc k jídlu nebo pití
Había un gran hongo creciendo cerca de ella
Poblíž ní rostla velká houba
el hongo tenía aproximadamente la misma altura que Alicia
houba byla přibližně stejně vysoká jako Alenka
Se estiró de puntillas
Protáhla se na špičkách

Y se asomó por el borde del hongo

a vykoukla přes okraj hřibu

Sus ojos se encontraron inmediatamente con los ojos de una gran oruga azul

Její oči se okamžitě setkaly s očima velké modré housenky

La oruga estaba sentada en la parte superior del hongo

Housenka seděla na vrcholu houby

y la oruga se había cruzado de brazos

a housenka mu zkřížila všechny ruce

Y estaba fumando tranquilamente una larga cachimba

a tiše kouřil dlouhou vodní dýmku

y no hizo la menor atención a nada

a ničeho si nevšímal ani v nejmenším

y ciertamente no le prestó atención a Alicia

a rozhodně nevěnoval pozornost Alici

Consejos de una oruga

Rada od housenky

Por fin, la oruga se quitó la pipa de la boca

Konečně vyndala housenka dýmku z tlamy

y se dirigió a Alicia con voz lánguida y soñolienta

a obrátil se k Alence malátným, ospalým hlasem

—¿Quién eres? —preguntó la oruga

"Kdo jsi?" zeptala se housenka

Alicia respondió, con cierta timidez: "No lo sé, señor"

Alenka odpověděla poněkud ostýchavě: "Ani nevím, pane."

"Justo en este momento está todo un poco..."

"V tuto chvíli je to všechno trochu..."

"Sé quién era cuando me levanté esta mañana"

"Vím, kdo jsem byl, když jsem dnes ráno vstal."

"pero creo que debo haber cambiado varias veces desde entonces"

"ale myslím, že jsem se od té doby musel několikrát změnit"

—¿Qué quieres decir con eso? —dijo la oruga—

"Co tím myslíte?" řekla housenka

Con severidad, la oruga le pidió que se explicara

Housenka ji přísně požádala, aby to vysvětlila

—Me temo que no puedo explicarme, señor —dijo Alicia—

"Obávám se, že si to nedovedu vysvětlit, pane," řekla Alenka

"porque no soy yo mismo"

"protože nejsem sama sebou"

"Verás, tener tantos tamaños diferentes en un día es muy confuso"

"Víte, mít tolik různých velikostí za den je velmi matoucí"

Se incorporó y dijo muy gravemente:

Vstala a řekla velmi vážně:

"Creo que primero deberías decirme quién eres"

"Myslím, že bys mi měl nejdřív říct, kdo jsi."

"¿Por qué?", dijo la oruga

"Proč?" řekla housenka

Alicia no se le ocurría ninguna buena razón

Alenka nemohla vymyslet žádný dobrý důvod

Y la oruga parecía estar en un estado de ánimo muy desagradable

a Housenka se zdála být ve velmi nepříjemném duševním rozpoložení

Así que se dio la vuelta

tak se otočila

"¡Vuelve!", la oruga la llamó

"Vraťte se!" zavolala za ní housenka

"¡Tengo algo importante que decir!"

"Musím ti říct něco důležitého!"

Alicia se dio la vuelta y volvió otra vez

Alenka se otočila a opět se vrátila

—Mantén la calma —dijo la oruga—

"Zachovejte si chladnou hlavu," řekla housenka

-¿Eso es todo? -preguntó Alicia

"To je všechno?" řekla Alenka

Y se tragó su rabia lo mejor que pudo

a spolkla svůj hněv, jak nejlépe dovedla

—No —dijo la oruga—

"Ne," řekla housenka

La oruga desplegó sus brazos
Housenka rozpřáhla ruce
Y volvió a sacarse la pipa de la boca
a opět vytáhl dýmku z úst
y él dijo: "Así que Ud. piensa que Ud. ha cambiado, ¿verdad?"
a on řekl: "Takže si myslíte, že jste se změnil, že?"
—Me temo, he cambiado, señor —dijo Alicia—
"Obávám se, že jsem se změnila, pane," řekla Alenka
"No puedo recordar las cosas como solía recordarlas"
"Nepamatuji si věci tak, jak jsem si je pamatovala"
"¡Y no me quedo del mismo tamaño por más de diez minutos!"
"a já nezůstávám ve stejné velikosti déle než deset minut!"
"¿Qué tamaño quieres tener?", preguntó la oruga
"Jakou velikost chcete mít?" zeptala se housenka
—Oh, no me importa especialmente el tamaño que tenga — respondió Alicia apresuradamente—
"Ó, mně vůbec nezáleží na tom, jaká jsem velká," odvětila Alenka spěšně
"Simplemente no me gusta cambiar de tamaño tan a menudo, ya sabes"
"Prostě nerada měním velikost tak často, víš"
"Me gustaría ser un poco más grande, señor"
"Chtěl bych být trochu větší, pane."
—Si no te importa —añadió Alicia—
"Kdyby vám to nevadilo," dodala Alenka
"Diez centímetros es una altura tan miserable para ser"
"Deset centimetrů je tak ubohá výška"
-¡Es una altura muy buena! -exclamó la oruga con rabia-
"To je opravdu velmi dobrá výška!" řekla housenka hněvivě
Y se irguió mientras hablaba
a vzpřímil se, když mluvil
Medía exactamente diez centímetros de alto
Byl vysoký přesně deset centimetrů
En uno o dos minutos, la oruga bajó del hongo
Za minutu nebo dvě housenka slezla z houby

Y se arrastró por la hierba
a odplazil se do trávy
Al alejarse, hizo algunas pequeñas observaciones
Když odcházel, pronesl několik drobných poznámek
"Un lado te hará crecer más alto"
"Díky jedné straně vyrostete"
"Y el otro lado te hará acortar"
"a druhá strana tě zkrátí"
«¿Un lado de qué?», pensó Alicia para sí misma
"Z jedné strany čeho?" pomyslila si Alenka pro sebe
—¿El otro lado de qué?
"Na druhé straně čeho?"
—El costado del hongo —dijo la oruga—
"Ta strana hřibu," řekla Housenka
Era como si hubiera hecho su pregunta en voz alta
Bylo to, jako by svou otázku položila nahlas
Y en otro momento, se perdió de vista
a v dalším okamžiku zmizel z dohledu
Alicia se quedó mirando pensativa el hongo
Alenka zůstala zamyšleněhle na houbu
Estaba tratando de distinguir cuáles eran los dos lados del hongo
Snažila se rozeznat, které jsou ty dvě strany houby
Por fin, estiró los brazos alrededor de la seta
Konečně vztáhla ruce kolem houby
Y rompió un poco los bordes
a ulomila trochu hran
"Y ahora, ¿qué lado es cuál?", se dijo a sí misma
"A teď, která strana je která?" řekla si pro sebe
Y mordisqueó un poco de la parte de la mano derecha
a ona si ukousla trochu z kousku pravé ruky
Al momento siguiente sintió un violento golpe debajo de la barbilla
V příštím okamžiku ucítila prudký úder pod bradou
¡Su barbilla había golpeado su pie!
Její brada se dotkla nohy!
Estaba bastante asustada por este cambio tan repentino

Byla velmi vyděšena tou náhlou změnou
Se estaba encogiendo muy rápidamente
velmi rychle se zmenšovala
Así que rápidamente se comió un poco del otro trozo de champiñón
Tak rychle snědla trochu té další houby
Su barbilla estaba muy presionada contra su pie
Bradu měla přitisknutou velmi těsně k noze
Apenas había espacio para abrir la boca
nebylo tam skoro dost místa, aby otevřela ústa
Pero al fin logró abrir la boca
Konečně se jí však podařilo otevřít ústa
Y tragó un bocado del pedazo de la mano izquierda
a spolkla sousto levého kousku
-¡Por fin me han liberado la cabeza! -exclamó Alicia-
"Konečně mám volnou hlavu!" řekla Alenka
Se miró a sí misma
Podívala se na sebe
Pero todo lo que podía ver era una inmensa longitud de cuello
ale viděla jen nesmírně dlouhý krk
Su cuello parecía elevarse como un tallo
její krk jako by se zvedal jako stéblo
Y miró hacia abajo sobre un mar de hojas verdes
a dívala se dolů na moře zeleného listí
—¿A dónde han llegado mis hombros?
"Kam se poděla moje ramena?"
"Y oh, mis pobres manos, ¿cómo es que no puedo verte?"
"A ach, moje ubohé ruce, jak to, že vás nevidím?"
Pero su cuello tenía un beneficio
Ale její krk měl jednu výhodu
Podía mover la cabeza en cualquier dirección
Mohla pohybovat hlavou libovolným směrem
De hecho, era como una serpiente
Ve skutečnosti byla jako had
Ella zigzagueó con gracia con la cabeza hacia abajo
Ladně sklopila hlavu dolů

Y movió la cabeza entre los árboles
a pohybovala hlavou mezi stromy
Pero entonces oyó un silbido agudo
ale pak uslyšela ostré zasyčení
Y rápidamente echó la cabeza hacia atrás
a rychle zaklonila hlavu
Una gran paloma había volado hacia su cara
Velký holub jí vletěl do obličeje
y la paloma se agitó violentamente con sus alas
a holub prudce zasahoval křídly

-¡Serpiente! -exclamó la paloma-
"Hade!" vykřikl holub
-¡No soy una serpiente! -exclamó Alicia indignada-
"Já nejsem had!" řekla Alenka rozhořčeně
"¡Déjame en paz!"

"Nech mě na pokoji!"

"He probado las raíces de los árboles"

"Vyzkoušel jsem kořeny stromů"

—Y he probado setos —prosiguió la paloma—

"A zkoušel jsem křoviny," pokračoval holub

—¡Pero esas serpientes! ¡No hay forma de complacerlos!"

"Ale ti hadi! Nelze je potěšit!"

Alicia estaba cada vez más desconcertada

Alenka byla stále více a více zmatena

-Como si ya fuera bastante trabajo incubar los huevos -dijo la paloma-

"Jako by to nestačilo s líhnutím vajec," řekl holub

—¡De noche y de día también tengo que estar atento a las serpientes!

"ve dne v noci musím dávat pozor i na hady!"

"Acababa de encontrar el árbol más alto del bosque"

"Právě jsem našel nejvyšší strom v lese"

—¿Estaría libre de serpientes aquí?

"Určitě bych tu byl bez hadů?"

"¡Y sale una serpiente del cielo!"

"A z nebe vychází had!"

-¡Pero yo no soy una serpiente, te lo aseguro! -dijo Alicia-

"Ale já nejsem had, to vám říkám!" řekla Alenka

"Soy un... Soy un... Soy una niña —añadió con cierta duda—

"Jsem... Jsem... Jsem malá holka," dodala trochu pochybovačně

Después de todo, había estado pasando por muchos cambios

Koneckonců prošla mnoha změnami

—Estás buscando huevos —dijo la paloma—

"Hledáte vejce," řekl holub

"Lo sé con certeza"

"Vím to jako fakt"

—¿Y qué importa si eres una niña o una serpiente?

"A co záleží na tom, jestli jsi holčička nebo had?"

—A mí me importa mucho —dijo Alicia apresuradamente—

"Na tom mi velmi záleží," řekla Alenka spěšně

"pero no estoy buscando huevos, como suele ser"

"ale já nehledám vajíčka, jak se to stává"

"**Y de todos modos no querría tus huevos**"
"a stejně bych nechtěl vaše vajíčka"
"**No me gustan los huevos crudos**"
"Nemám rád svá vejce syrová"
-¡Pues váyase! -dijo la paloma en tono malhumorado-
"Tak tedy jděte!" řekl holub mrzutým hlasem
Y la paloma se instaló de nuevo en su nido
a holub se opět usadil ve svém hnízdě
Alicia se agachó entre los árboles lo mejor que pudo
Alenka se shýbala mezi stromy, jak nejlépe dovedla
Su cuello no dejaba de enredarse entre las ramas
krk se jí stále zaplétal do větví
De vez en cuando tenía que detenerse y desenroscar el cuello
Tu a tam se musela zastavit a rozmotat si krk
Al cabo de un rato se acordó de la seta
Po chvíli si na houbu vzpomněla
Todavía sostenía los trozos de hongo en sus manos
Stále držela v rukou kousky houby
Y se puso a trabajar con mucho cuidado
a pustila se do práce velmi pečlivě
Primero mordisqueó una pieza
Nejprve uždibovala jeden kus
Y luego mordisqueó la otra pieza
a pak se zakousla do druhého kousku
A veces crecía
někdy vyrostla
y a veces se acortaba
a někdy se zkracovala
pero finalmente alcanzó su altura habitual
Nakonec však dosáhla své obvyklé výšky
Hacía tiempo que no era de su estatura
už nějakou dobu nebyla sama sobě vysoká
Así que todo se sintió extraño por un tiempo
Takže všechno mi na chvíli připadalo divné
"**Lo siguiente que hay que hacer es entrar en ese hermoso jardín**"
"Další věc, kterou musíte udělat, je dostat se do té krásné

zahrady"
—¿Cómo se va a hacer eso, me pregunto?
"Zajímalo by mě, jak se to má udělat?"
Al decir esto, llegó a un lugar abierto
Jak to dořekla, došla na volné prostranství
Había una casita, un poco más de un metro de altura
Byl tam malý domek, o něco vyšší než metr
"Me pregunto quién vive en esta casita"
"Zajímalo by mě, kdo žije v tomto malém domku"
"Ciertamente no puedo entrar tan grande como soy"
"Určitě nemůžu jít do toho tak velká, jak jsem"
—¡Los asustaría terriblemente!
"Strašně bych je vyděsil!"
Así que volvió a mordisquear el pequeño champiñón
Tak si tu houbičku znovu ukousla
Y pronto bajó treinta centímetros
a brzy se srazila o třicet centimetrů

Un cerdo y un poco de pimienta

Prase a trochu pepře

Durante uno o dos minutos se quedó mirando la casa

Minutu nebo dvě stála a dívala se na dům

De repente, un lacayo salió corriendo del bosque

Náhle vyběhl z lesa lokaj

Vestía un uniforme especial

Měl na sobě speciální livrejovou uniformu

A juzgar solo por su rostro, ella lo habría llamado pez

soudě jen podle jeho tváře, byla by ho nazvala rybou

Y golpeó fuertemente la puerta con los nudillos

a hlasitě zaklepal klouby prstů na dveře

La puerta fue abierta por otro lacayo

Dveře otevřel další lokaj

Este lacayo también llevaba una librea especial

I tento lokaj měl na sobě speciální livrej

Este lacayo tenía una cara redonda y ojos grandes como los de una rana

Tento lokaj měl kulatý obličej a velké oči jako žába

El lacayo, que parecía un pez, inició la ceremonia
Lokaj, který vypadal jako ryba, zahájil obřad
Sacó algo de debajo de su brazo
Vytáhl něco zpod paže
Y sacó de debajo del brazo un sobre
a vytáhl zpod paže obálku
Y este sobre se lo entregó al otro lacayo
a tuto obálku předal druhému lokajovi
En tono ceremonioso le comunicó las órdenes
Obřadným tónem mu sdělil rozkazy
"Este mensaje es para la duquesa"
"Tato zpráva je pro vévodkyni"
"Una invitación de la reina a jugar al croquet"
"Pozvání od královny ke hře kroketu"
El lacayo, que parecía una rana, repitió la orden
Lokaj, který vypadal jako žába, zopakoval rozkaz
"De la Reina"
"Od královny"
"Una invitación"
"pozvánka"
"para la duquesa"
"pro vévodkyni"
"Jugar al croquet"
"Hraní kroketu"
Entonces ambos se inclinaron profundamente
Pak se oba hluboce uklonili
y los rizos de sus pelucas se enredaron
a kudrlinky v jejich parukách se zapletly do
Pronto el lacayo que parecía un pez se había ido
Lokaj, který vypadal jako ryba, brzy zmizel
Pero el lacayo que parecía una rana todavía estaba allí
ale lokaj, který vypadal jako žába, tam stále byl
Estaba sentado en el suelo, cerca de la puerta
Seděl na zemi u dveří
Estaba mirando estúpidamente al cielo
hloupě zíral na oblohu
Alicia se acercó tímidamente a la puerta y llamó

Alenka přistoupila nesměle ke dveřím a zaklepala
—Es inútil llamar a la puerta —dijo el lacayo—
"Klepat nemá smysl," řekl lokaj
"Y eso es por dos razones"
"A to ze dvou důvodů"
"Primero, porque estoy del mismo lado de la puerta que tú"
"Za prvé proto, že jsem na stejné straně dveří jako ty"
"En segundo lugar, porque están haciendo mucho ruido dentro"
"Za druhé, protože uvnitř dělají tolik hluku"
"Nadie podría escucharte"
"Nikdo vás nemohl slyšet"
Y, ciertamente, había un ruido extraordinario en su interior
A uvnitř se skutečně odehrával neobyčejný hluk
un aullido y estornudos constantes
Neustálé kvílení a kýchání
y de vez en cuando se oye un gran estruendo
a tu a tam se ozval zvuk velkého třesku
como si un plato o una tetera se hubieran roto en pedazos
jako by se nádobí nebo konvice rozbily na kusy
-¿Cómo voy a entrar? -preguntó Alicia
"Jak se dostanu dovnitř?" zeptala se Alenka
—¿Deberías entrar? —dijo el lacayo—
"Měl byste se vůbec dostat dovnitř?" zeptal se lokaj
"Esa es la primera pregunta, ya sabes"
"To je první otázka, víš"
Alicia abrió la puerta y entró
Alenka otevřela dveře a vešla dovnitř
La puerta conducía directamente a una gran cocina
Dveře vedly přímo do velké kuchyně
La cocina estaba llena de humo de un extremo a otro
Kuchyně byla plná kouře z jednoho konce na druhý
en medio de la cocina estaba la duquesa
uprostřed kuchyně stála vévodkyně
Estaba sentada en un taburete de tres patas
Seděla na třínohé stoličce
Y ella estaba amamantando a un bebé

a ona kojila dítě
El cocinero estaba inclinado sobre el fuego
Kuchařka se nakláněla nad ohněm
Estaba removiendo un gran caldero
míchal velký kotel
y el caldero parecía estar lleno de sopa
a zdálo se, že kotel je plný polévky
"¡Ciertamente hay demasiada pimienta en esa sopa!" —se dijo Alicia
"V té polévce je určitě příliš mnoho pepře!" řekla si Alenka pro sebe
Lo dijo lo mejor que pudo, sin estornudar
Řekla to, jak nejlépe uměla, aniž by kýchla
Incluso la duquesa estornudaba de vez en cuando
Dokonce i vévodkyně občas kýchla
Pero las acciones del bebé fueron las más notables
Ale počínání dítěte bylo nejpozoruhodnější
El bebé estornudaba y aullaba alternativamente
Dítě střídavě kýchalo a vylo
No hubo un momento de pausa entre aullidos y estornudos
Mezi vytím a kýchnutím nebyla ani chvilka pauzy
Había dos criaturas en la cocina que no estornudaban
V kuchyni byla dvě stvoření, která nekýchala
El cocinero estaba demasiado ocupado para estornudar
Kuchař byl příliš zaneprázdněn, než aby kýchl
Y al gran gato no pareció importarle el pimiento
a velké kočce zřejmě pepř nevadil
En cambio, el gran gato sonreía de oreja a oreja
Místo toho se velká kočka usmívala od ucha k uchu
-Por favor, ¿podría decírmelo -dijo Alicia, un poco tímidamente-
"Řekla byste mi, prosím," řekla Alenka trochu ostýchavě
"¿Por qué tu gato sonríe así?"
"Proč se tvoje kočka tak šklebí?"
-Es un gato de Cheshire -dijo la duquesa-
"Je to kočka Šklíba," řekla vévodkyně
"Y por eso está sonriendo de oreja a oreja"

"A to je důvod, proč se usmívá od ucha k uchu"
"No sabía que un gato de Cheshire siempre sonreía"
"Nevěděl jsem, že se Šklíbská kočka vždycky usmívá"
—De hecho, no sabía que los gatos podían sonreír —dijo Alicia—
"Vlastně jsem nevěděla, že se kočky mohou šklebit," řekla Alice
-Hay muchas cosas que no sabes -dijo la duquesa-
"je toho hodně, co nevíte," řekla Vévodkyně.
"Hay muchas cosas que no sabes y eso es un hecho"
"Je toho hodně, co nevíte, a to je fakt"
En ese momento, el cocinero retiró el caldero de sopa del fuego
V tu chvíli kuchař sundal z ohně kotlík s polévkou
Y en seguida se puso a tirar todo lo que estaba a su alcance
a okamžitě začala házet všechno, co jí přišlo do ruky
arrojó todo lo que pudo a la duquesa y al bebé
házela na vévodkyni a děťátko všechno, co mohla.
Primero arrojó los hierros de fuego
Nejdřív hodila ohnivá železa
Luego tiró un puñado de cacerolas
Pak hodila hrst hrnců
y finalmente tiró los platos y las fuentes
a nakonec házela talíře a nádobí
La duquesa no le hizo caso
Vévodkyněsi si jí nevšímala
Incluso cuando fue golpeada por un plato, no se preocupó
i když ji zasáhl talíř, nedělala si starosti
El bebé ya estaba aullando tanto
Dítě už tak moc vylo
Así que era imposible decir si los golpes lastimaban al bebé o no
takže se nedalo říct, jestli ty rány miminko bolely nebo ne
—¡Oh, por favor, ten cuidado con lo que estás haciendo! —exclamó Alicia—
"Ach, prosím vás, dávejte pozor, co děláte!" zvolala Alenka
Y saltaba de un lado a otro en una agonía de terror

a poskakovala nahoru a dolů v agónii hrůzy
la duquesa le ofreció a Alicia el bebé
Vévodkyně nabídla Alici děťátko
"¡Aquí! ¡Puedes amamantar un poco al bebé, si quieres!"
"Tady! Můžeš to dítě trochu nakojit, jestli chceš!"
Y le arrojó al bebé mientras hablaba
a mrštila po sobě dítětem, když mluvila
"Tengo que ir a prepararme para jugar al croquet con la reina"
"Musím jít a připravit se na hru kroketu s královnou"
Y se apresuró a salir de la habitación
a vyběhla z pokoje
Alicia atrapó al bebé con cierta dificultad
Alice chytila mládě s jistými obtížemi
porque era una criatura de forma muy extraña
protože to bylo velmi podivně tvarované malé stvoření
Y el bebé extendió los brazos y las piernas en todas direcciones
a dítě natáhlo ruce a nohy na všechny strany
«Será mejor que me lleve a este niño conmigo», pensó Alicia
"Raději vezmu toto dítě s sebou," pomyslila si Alenka
"Seguro que matarán a este bebé en uno o dos días"
"Určitě to dítě zabijí za den nebo dva"
—¿No sería un asesinato dejar atrás a este bebé?
"Nebyla by to vražda nechat tohle dítě doma?"
Dijo las últimas palabras en voz alta
Poslední slova řekla nahlas
Y la cosita gruñó en respuesta
a to malé stvořeníčko zabručelo v odpověď
—Será mejor que no te conviertas en un cerdo, querida — dijo Alicia—
"Raději se neměň ve vepříka, má drahá," řekla Alenka
"o de lo contrario no tendré nada más que ver contigo"
"Jinak s tebou už nebudu mít nic společného."
Alicia empezaba a pensar para sí misma:
Alenka se právězačínala domnívati:
"Ahora, ¿qué voy a hacer con esta criatura cuando la lleve a

casa?"

"A co si počnu s tím tvorem, až ho dostanu domů?"

Pero entonces la pequeña criatura gruñó un poco violentamente

ale pak stvořeníčko trochu prudce zavrčelo

y Alicia lo miró a la cara con cierta alarma

a Alenka pohlédla mu do tváře s jistým znepokojením

Esta vez no podía haber error al respecto

Tentokrát se nemohlo mýlit

No era ni más ni menos que un cerdo

nebylo to nic víc ani míň než prase

Así que dejó a la pequeña criatura en el suelo

A tak stvořeníčko položila na zem

y la pequeña criatura se aleja trotando tranquilamente hacia el bosque

a stvořeníčko tiše odklusalo do lesa

Alicia se sintió bastante aliviada al ver que la criatura se iba

Alence se velmi ulevilo, když viděla stvůrce odcházet

Alicia se sobresaltó un poco al ver al Gato de Cheshire

Alenka sebou trochu polekala, když spatřila Kašmírskou kočku

Estaba sentado en la rama de un árbol a pocos metros de distancia

Seděl na větvi stromu pár metrů od něj

El gato solo sonrió cuando la vio

Kočka se jen usmála, když ji uviděla

—Gato de Cheshire —empezó Alicia, bastante tímidamente—

"Šklíbská kočka," začala Alenka poněkud ostýchavě

—¿Podría decirme, por favor, qué camino debo tomar desde aquí?

"Mohl byste mi prosím říci, kudy mám odsud jít?"

—En esa dirección —dijo el gato—

"Tímhle směrem," řekla kočka

Y agitó la pata derecha

a mávl pravou tlapkou kolem sebe

"En esa dirección vive un fabricante de sombreros"

"V tomto směru žije výrobce klobouků"
Y entonces el gato agitó su otra pata
a pak kočka mávla druhou tlapkou
"Y en esa dirección vive una liebre de marzo"
"A v tom směru žije zajíc pochodový"
"Visita a cualquiera de los que quieras; los dos están locos"
"Navštivte, co chcete; Oba jsou šílení."
—Pero yo no quiero andar entre locos —comentó Alicia—
"Ale já nechci jít mezi šílené lidi," poznamenala Alenka
—Oh, no puedes evitarlo —dijo el Gato—
"Ó, s tím si nemůžete pomoci," řekla Kočka
"Aquí estamos todos locos"
"Všichni jsme tu šílení"
"¿Vas a jugar al croquet con la reina hoy?"
"Hrajete dnes kroket s královnou?"
—Me gustaría mucho —dijo Alicia—
"Velmi ráda bych," řekla Alice
"pero todavía no me han invitado"
"ale ještě jsem nebyl pozván"
—Allí me verás —dijo el Gato—
"Tam mě uvidíte," řekla Kocour
Y de un momento a otro el gato desapareció
a kočka z jednoho okamžiku na druhý mizela
pronto Alicia llegó a la vista de la casa de la liebre de marzo
brzy se Alenka dostala na dohled domečku zajíce březňáka
Era una casa muy grande
Byl to velmi velký dům
así que Alicia no quiso acercarse a la casa
Alenka se tedy nechtěla přibližovat k domu
Primero tuvo que mordisquear un poco más del trozo de champiñón del lado izquierdo
Nejdřív musela ukousnout ještě kousek houby na levé straně

Una fiesta de té loca
Šílený čajový dýchánek

Delante de la casa había un árbol

Před domem stál strom

y debajo del árbol había una mesa

a pod stromem byl stůl

y la mesa estaba puesta con toda clase de cubiertos

a stůl byl prostřen všelijakými příbory

La Liebre de Marzo y el Sombrerero estaban sentados a la mesa

Zajíc březňák a kloboučník seděli u stolu

y juntos estaban tomando el té

a společně popíjeli čaj

Un lirón estaba sentado entre ellos

Mezi nimi seděl plch

y el lirón se durmió profundamente

a Plch tvrdě spal

La mesa era de un tamaño extraordinario

Stůl byl mimořádně velký

Pero la mayor parte de la mesa estaba desocupada

ale většina stolu byla neobsazená

Se sentaron apiñados en una esquina de la mesa

seděli namačkáni v jednom rohu stolu

y, sin embargo, se excusaban cuando veían a Alicia

a přece se vymlouvali, když viděli Alenku

"¡No hay espacio! ¡No hay lugar!", gritaron

"Není místo! Žádné místo!" křičeli

-¡Hay sitio de sobra! -exclamó Alicia indignada-

"Místa je tu dost!" řekla Alenka rozhořčeně

En un extremo de la mesa había un gran sillón

Na jednom konci stolu stálo velké křeslo

y Alicia se sentó en el sillón

a Alenka se posadila do křesla

El sombrerero abrió mucho los ojos

kloboučník otevřel oči dokořán

No podía creer lo que estaba viendo

nemohl uvěřit tomu, co vidí

Pero su mente tenía curiosidad por otras cosas

ale jeho mysl byla zvědavá na jiné věci

—¿Por qué un cuervo es como un escritorio?

"Proč je havran jako psací stůl?"

Alicia estaba abierta al reto

Alice byla této výzvě otevřená

"Me alegro de que hayan empezado a hacer adivinanzas"

"Jsem rád, že se začali ptát na hádanky"

—Creo que puedo adivinarlo —añadió en voz alta—

"To věřím, že dokážu odhadnout," dodala nahlas

La liebre de marzo sintió curiosidad por Alicia

Zajíc březňák se začal zajímat o Alenku

"¿De verdad crees que puedes encontrar la respuesta?"

"Opravdu si myslíš, že dokážeš najít odpověď?"

—Creo que puedo encontrar la respuesta —dijo Alicia—

"Myslím, že opravdu najdu odpověď," řekla Alenka

—Entonces deberías decir lo que quieres decir —prosiguió la liebre de la marcha—

"Tak to bys měl říct, co si myslíš," pokračoval zajíc pochodový

—Digo lo que quiero decir —respondió Alicia apresuradamente—

"Říkám, co mám na mysli," odpověděla Alenka spěšně

"por lo menos quiero decir lo que digo"

"přinejmenším myslím vážně to, co říkám"

"Es lo mismo, ¿sabes?"

"To je to samé, víš"

El lirón también contribuyó a la conversación

Do konverzace přispěl i plch

Pero el lirón parecía estar hablando en sueños

ale Plch se zdál mluviti ze spaní

"Respiro cuando duermo"

"Dýchám, když spím"

"¡Duermo cuando respiro!"

"Spím, když dýchám!"

"Bien podría decirse que también son lo mismo"

"To bys mohl říct, že jsou taky stejní."

-A ti te pasa lo mismo -dijo el sombrerero-

"S vámi je to stejné," řekl kloboučník
Y echó un poco de té en la nariz del lirón
a nalil plchu na nos trochu čaje
El Lirón sacudió la cabeza con impaciencia
Sedmispánetrpělivězavrtěl hlavou
Y volvió a hablar el Lirón, sin abrir los ojos
A opět promluvil Plch, aniž otevřel oči
"Por supuesto, por supuesto que es lo mismo"
"Samozřejmě, samozřejmě, že je to stejné."
"eso es justo lo que iba a decir yo mismo"
"to jsem chtěl říct sám"

El sombrerero se volvió hacia Alicia y le hizo otra pregunta
Kloboučník se obrátil k Alence a položil další otázku
—¿Ya has adivinado el enigma?
"Už jste uhodl tu hádanku?"
—No, me rindo —concedió Alicia—
"Ne, vzdávám to," připustila Alice
"¿Cuál es la respuesta?", quiso saber
"Jaká je odpověď?" chtěla vědět
—No tengo la menor idea —dijo el sombrerero—

"Nemám nejmenší tušení," řekl kloboučník
-Ni yo lo sé -dijo la liebre-
"Ani já nevím," řekl zajíc pochodňový
Alicia dio un suspiro de cansancio
Alenka si unaveně povzdechla
"Hay mejores usos del tiempo que los enigmas sin respuestas"
"Čas se dá využít lépe než hádanky bez odpovědí"
-¡Toma un poco más de té! -dijo la liebre a Alicia, muy seriamente-
"dejte si ještě trochu čaje," řekl zajíc březňák Alence velmi vážně
Alicia se sintió bastante ofendida por la oferta
Alice byla tou nabídkou docela uražena
—Todavía no he tomado el té —respondió Alicia—
"Ještějsem nepila čaj," odpověděla Alenka
"por lo tanto, no puedo tomar más té"
"proto si už nemůžu dát čaj"
—Quieres decir que no puedes tomar menos té —dijo el sombrerero—
"Chcete říct, že nemůžete mít méně čaje," řekl kloboučník
"Es muy fácil llevarse más que nada"
"Je velmi snadné vzít si více než nic"
Al oír esto, Alicia se levantó y se marchó
Na to Alenka vstala a odešla
El lirón se durmió al instante
Plch okamžitě usnul
y ninguno de los otros hizo la menor atención de que ella se fuera
a ani jeden z ostatních si jejího odchodu ani v nejmenším nevšiml
aunque miró hacia atrás una o dos veces
i když se jednou nebo dvakrát ohlédla
Intentaban meter el lirón en la tetera
Pokoušeli se strčit plcha do konvice
-De todos modos, ¡no volveré a ir allí! -dijo Alicia-
"V každém případě tam už nikdy nepůjdu!" řekla Alenka

Y ella caminó su camino a través del bosque
a kráčela lesem
"Esa fue la fiesta del té más estúpida a la que he ido en mi vida"
"to byl ten nejhloupější čajový dýchánek, na kterém jsem kdy byla"
Justo cuando dijo esto, notó algo
Právě když to řekla, všimla si něčeho
Uno de los árboles tenía una puerta que daba directamente a él
Jeden ze stromů měl dveře, které vedly přímo dovnitř
"¡Eso es muy interesante!", pensó
"To je velmi zajímavé!" pomyslela si
"Creo que es mejor que pase por la puerta"
"Myslím, že bych mohl jít do dveří."
Y entró por la puerta
A ona prošla dveřmi
Una vez más se encontró en el largo pasillo
Znovu se ocitla v dlouhé síni
De nuevo estaba cerca de la mesita de cristal
Opět stála blízko malého skleněného stolku
Ella tomó la pequeña llave de oro
Vzala si malý zlatý klíč
Y abrió la puerta que daba al jardín
a odemkla dveře, které vedly do zahrady
Luego se puso manos a la obra mordisqueando el hongo
Pak se pustila do okusování houby
Había guardado un trozo de la seta en el bolsillo
Kousek houby si nechala v kapse
Y, por último, medía alrededor de un metro de altura
a nakonec byla asi metr vysoká
Luego caminó por el pequeño pasillo
Pak kráčela malou chodbičkou
Y entonces finalmente se encontró en el hermoso jardín
a pak se konečně ocitla v té krásné zahradě
y ella estaba entre la flor brillante y las fuentes frescas
a byla mezi jasnými květinami a chladnými fontánami

El campo de croquet de la reina
Královnin kroketový ground
Un gran rosal se alzaba cerca de la entrada del jardín
U vchodu do zahrady stál velký růžový keř
Las rosas que crecían en el árbol eran blancas
Růže rostoucí na stromě byly bílé
Pero había tres jardineros pintando la rosa
ale byli tam tři zahradníci, kteří růži malovali
Estaban ocupados pintando las rosas de rojo
Pilně natírali růže na červeno
y Alicia los miraba pintar las rosas de rojo
a Alenka se dívala, jak malují růže na červeno
y de repente sus ojos se posaron por casualidad en Alicia
a náhle jejich oči náhodou padly na Alenku
Alicia habló un poco tímidamente
Alenka mluvila trochu ostýchavě
—¿Podría decírmelo, por favor?
"Mohl byste mi to říct, prosím."
"¿Por qué están pintando todas esas rosas?"
"Proč všichni malujete ty růže?"
Cinco y siete no dijeron nada, pero miraron a dos
Pětka a sedm neřekli nic, jen se podívali na dva
Dos hablaron, en voz baja
dva mluvili, tichým hlasem
"Vaya, el hecho es que ya lo ve, señora"
"Víte, skutečnost je taková, madam"
"Esto de aquí debería haber sido un rosal rojo"
"Tohle by měl být červený růžový keř"
"Y pusimos un rosal blanco por error"
"a omylem jsme tam vložili bílý růžový keř"
"Como estarás de acuerdo, la Reina no debe enterarse"
"Jak jistě souhlasíte, královna se to nesmí dozvědět"
"De lo contrario, nos cortarían la cabeza a todos"
"Jinak by nám všem usekli hlavy"
**"Así que ya ve, señora, estamos haciendo lo mejor que
podemos"**
"Tak vidíte, madam, děláme, co je v našich silách."

La Carta Cinco había estado mirando ansiosamente a través del jardín
Karta pět se úzkostlivě rozhlížela po zahradě
En ese momento, la carta cinco gritó: "¡La reina! ¡La reina!"
V tu chvíli karta pět volala: "Královna! Královna!"
Y los tres jardineros se escabulleron al instante
a tři zahradníci okamžitě odběhli pryč
Y se arrojaron de bruces
a vrhli se tváří k zemi
Se oyó el sonido de muchos pasos
Ozvalo se mnoho kroků
Alicia miró a su alrededor, ansiosa por ver a la reina
Alenka se rozhlédla kolem sebe, dychtivá spatřit královnu
Al comienzo de la procesión había diez soldados
Na začátku průvodu stálo deset vojáků
Sus manos y pies estaban en las esquinas
ruce a nohy měli v rozích
y en sus manos y pies había garrotes
a v jejich rukou a nohou byly kyje
Luego vinieron los diez cortesanos
Jako další přišlo deset dvořanů
Los cortesanos estaban adornados con diamantes
Dvořané byli po celém těle ozdobeni diamanty
Después de los cortesanos venían los hijos reales
Po dvořanech přišly královské děti
Eran diez los hijos de la realeza
Královských dětí bylo deset
y todos los niños reales estaban adornados con corazones
a všechny královské děti byly ozdobeny srdíčky
Luego vinieron los invitados; en su mayoría reyes y reinas
Za nimi přišli hosté; většinou králové a královny
y entre los reyes y la reina, Alicia vio a alguien
a mezi králi a královnou viděla Alenka někoho
Volvió a ver al conejo blanco que había perseguido
Znovu spatřila bílého králíka, kterého pronásledovala
La procesión fue seguida por la sota de los corazones
Průvod šel za ním srdcový kluk

Llevaba la corona del rey
nesl královskou korunu
y la corona del rey estaba sobre un cojín de terciopelo carmesí
a královská koruna byla na karmínové sametové poduše
Y entonces llegó el final de esta gran procesión
a pak přišel konec tohoto velkého průvodu
Y allí, al final, estaban el Rey y la Reina de Corazones
a tam na konci byli Král a Královna srdcí
la procesión venía frente a Alicia
průvod šel proti Alence
Y todos se detuvieron y la miraron
a všichni se zastavili a podívali se na ni
Y la reina dijo severamente: "¿Quién es éste?"
a královna řekla přísně: "Kdo je to?"
Se lo dijo a la Sota de Corazones
Řekla to Srdcovému Klukovi
Pero él se limitó a hacer una reverencia y a sonreír en respuesta
ale on se jen uklonil a usmál se v odpověď
Alicia habló muy cortésmente
Alenka mluvila velmi zdvořile
"Mi nombre es Alicia, así que por favor, su majestad"
"Jmenuji se Alice, tak prosím Vaše Veličenstvo"
Pero ella tenía otros pensamientos para sí misma
ale měla pro sebe jiné myšlenky
"¡Después de todo, son solo un mazo de cartas!"
"Vždyť jsou to jen balíčky karet!"
"¿Sabes jugar al croquet?", gritó la reina
"Umíte hrát kroket?" zvolala královna
Era evidente que la pregunta iba dirigida a Alicia
Otázka byla zřejmě míněna Alence
-¡Sí! -dijo Alicia en voz alta-
"Ano!" zvolala Alenka hlasitě
—¡Ven a jugar! —rugió la reina—
"Tak pojďte hrát!" zařvala královna
una voz tímida le habló a Alicia

ostýchavý hlas promluvil k Alence

"¡Es un día muy hermoso!"

"Je to moc hezký den!"

Caminaba junto al conejo blanco

Procházela se kolem bílého králíka

y el Conejo Blanco la miraba ansiosamente a la cara

a Bílý Králík jí úzkostlivěpokujoval do tváře

—Un día muy bueno —confirmó Alicia—

"to byl opravdu velmi pěkný den," potvrdila Alenka

—¿Dónde está la duquesa?

"Kde je vévodkyně?"

"¡Silencio! ¡Silencio!", dijo el Conejo

"Pst! Pst!" řekl Králík

"Está condenada a muerte"

"Je pod trestem popravy"

—¿Por qué la ejecutan? —preguntó Alicia

"Za co je popravena?" zeptala se Alenka

—Le ha rayado las orejas a la reina —empezó a decir el conejo—

"Odřela královně uši," začal králík

—gritó la Reina con voz de trueno—

Královna vykřikla hromovým hlasem

"¡Vayan a sus lugares!"

"Jděte na svá místa!"

Y la gente empezó a correr en todas direcciones

a lidé začali pobíhat na všechny strany

y todos tropezaron unos con otros

a všichni se zřítili jeden na druhého

Sin embargo, se calmaron en uno o dos minutos

Za minutu nebo dvě se však usadili

Y entonces comenzó el juego

a pak začala hra

Alicia nunca había visto un campo de croquet tan curioso

Alenka ještě nikdy neviděla tak podivný kroketový trávník

La hierba era todo crestas y surcos

Tráva byla samá rýha a brázdy

Las bolas de croquet eran erizos de verdad

Kroketové koule byli skuteční ježci
y los mazos eran flamencos de verdad
a ty palice byli skuteční plameňáci
Y los soldados se pusieron de pie sobre sus manos y sus pies
a vojáci stáli na rukou i na nohou
porque los arcos estaban hechos de sus cuerpos
protože oblouky byly vytvořeny z jejich těl
Todos los jugadores jugaron a la vez
Všichni hráči hráli najednou
Nadie esperó su turno
nikdo nečekal, až na něj přijde řada
y todos se peleaban con todos
a každý se s každým hádal
y todos luchaban por los erizos
a všichni se prali o ježky
Pronto la reina se vio presa de una furiosa pasión
Brzy se královna rozzuřila v zuřivém rozmaru
Y empezó a patalear y a gritar
a začala dupat a křičet
"¡Córtale la cabeza!"
"Useknout mu hlavu!"
"¡Córtale la cabeza!"
"Useknout jí hlavu!"
"¡Córtale la cabeza a todos!"
"Useknout jim všechny hlavy!"
De nuevo Alicia pensó para sí misma
Alenka si opět pomyslila u sebe
"Son terriblemente aficionados a decapitar a la gente aquí"
"Strašně rádi tady lidem stínají hlavy"
"¡La gran maravilla es que quede alguien vivo!"
"Největší div je, že vůbec někdo zůstal naživu!"
Buscaba alguna vía de escape
Rozhlížela se po nějakém úniku
Notó una curiosa apariencia en el aire
Všimla si podivného úkazu ve vzduchu
«Es el gato de Cheshire», se dijo a sí misma
"To je kočka Šklíba," řekla si pro sebe

"Ahora tendré a alguien con quien hablar"
"teď budu mít s kým mluvit"
—¿Cómo te va? —preguntó el gato
"Jak se vám daří?" zeptala se kočka
—No creo que jueguen nada limpio —dijo Alicia—
"Nemyslím si, že by vůbec hráli fér," řekla Alice
Y tenía un tono bastante quejumbroso
a měla poněkud stěžující si tón
"Todos se pelean tan terriblemente"
"Všichni se tak strašně hádají"
"Uno no se oye hablar"
"člověk neslyší sám sebe mluvit"
"Y no parecen jugar con ninguna regla"
"a zdá se, že nehrají podle žádných pravidel"
el gato le hizo una pregunta a Alicia en voz baja
Kočka položila Alence otázku tichým hlasem
—¿Qué te parece la reina?
"Jak se ti líbí královna?"
—No me gusta nada —dijo Alicia—
"Vůbec se mi nelíbí," řekla Alenka

Alicia pensó que sería mejor que volviera
Alice si pomyslila, že by se mohla rovnou vrátit zpět
Quería ver cómo iba el partido
Chtěla vidět, jak hra probíhá
Se fue en busca de su erizo
Vydala se hledat svého ježka
El erizo estaba ocupado luchando contra otro erizo
Ježek byl zaneprázdněn bojem s jiným ježkem
Esta fue una excelente oportunidad
Byla to skvělá příležitost
Podía hacer croquet a un erizo con el otro
Dokázala odpálit jednoho ježka s druhým
Pero su flamenco estaba al otro lado del jardín
Ale její plameňák byl na druhé straně zahrady
El flamenco era bastante torpe
Plameňák byl poněkud nemotorný
Su flamenco intentaba volar hacia un árbol
Její plameňák se snažil vyletět na strom
Atrapó al flamenco por la pierna
Chytila plameňáka za nohu
Y guardó el flamenco bajo el brazo
a zastrčila plameňáka pod paži
De esa manera, el flamenco no pudo escapar de nuevo
Tak by plameňák nemohl znovu utéct
Justo en ese momento Alicia se encontró con la duquesa
V té chvíli se Alenka náhodou setkala s vévodkyní
La duquesa ya había salido de la cárcel
Vévodkyně byla nyní venku z vězení
Metió cariñosamente su brazo bajo el brazo de Alicia
Láskyplně zastrčila svou paži pod Alenčinu paži
Y luego se fueron juntos
a pak spolu odešli
Alicia se alegró mucho de encontrarla de tan buen humor
Alenka byla velmi ráda, že ji nalezla v tak příjemné náladě
Sin embargo, estaba un poco asustada
Trochu se však polekala
Oyó la voz de la duquesa cerca de su oído

Slyšela hlas vévodkyně blízko svého ucha
"Estás pensando en algo, querida"
"Přemýšlíš o něčem, má drahá"
"Y eso hace que te olvides de hablar"
"A kvůli tomu zapomínáte mluvit"
—El juego va bastante mejor ahora —dijo Alicia—
"Hra se teď vyvíjí o něco lépe," řekla Alice
Era una forma de mantener la conversación
Byl to jeden ze způsobů, jak udržet konverzaci v chodu
-Así es -dijo la duquesa-
"je to opravdu tak," řekla vévodkyně.
"Y la moraleja de eso es esta:"
"A z toho plyne toto ponaučení:
"¡Es el amor el que lo hace todo!"
"Je to láska, která to všechno dělá!"
"El amor es lo que hace que el mundo gire"
"Láska je to, co hýbe světem"
Alicia tenía otra explicación
Alenka měla jiné vysvětlení
"¡Lo hace todo el mundo ocupándose de sus propios asuntos!"
"Dělá to tak, že si každý hledí svého!"
—¡Ah, bueno! Podrías tener razón"
"Ach, dobrá! Mohl byste mít pravdu."
-Todo significa lo mismo -dijo la duquesa-
"Všechno to znamená skoro totéž," řekla vévodkyně
y hundió su afilada barbilla en el hombro de Alicia
a zaryla svou ostrou bradu do Alenčina ramene
"Y la moraleja de eso es esta"
"A z toho plyne toto ponaučení"
"Cuida el sentido"
"Pečujte o smysl"
"Y entonces los sonidos se encargarán de sí mismos"
"A pak se zvuky postarají samy o sebe"
Pero entonces el brazo de la duquesa empezó a temblar
Ale pak se Vévodkynině začala třást ruka
Alicia alzó la vista y allí estaba la reina

Alenka vzhlédla a tu stála královna
La reina tenía los brazos cruzados
Královna měla složené ruce
¡Y ella fruncía el ceño como una tormenta eléctrica!
a mračila se jako bouřka!
—Te advierto —gritó la reina—
"Dávám vám upřímné varování," zvolala královna
Y pisoteó el suelo mientras hablaba
a při těch slovech dupala po zemi
"O tu cabeza o la suya deben estar cortadas"
"Buď tvoje hlava, nebo její hlava musí být mimo"
"¡Toma tu decisión!"
"Vyberte si!"
"Y ser rápido al respecto"
"a pospěšte si s tím"
La duquesa hizo su elección
Vévodkyně si vybrala
Y al cabo de un instante la duquesa se fue
a v okamžiku byla vévodkyně pryč
Entonces la reina le habló a Alicia
Pak pravila královna k Alence
"Sigamos con el juego"
"Pokračujme ve hře"
Alicia estaba demasiado asustada para decir una palabra
Alenka byla příliš ustrašena, než aby řekla jediné slovo
Y la siguió lentamente hasta el campo de croquet
a pomalu ji následovala zpět na kroketový trávník
Todo el tiempo la Reina se peleó con los otros jugadores
Po celou dobu se královna hádala s ostatními hráči
"¡Córtale la cabeza!"
"Useknout mu hlavu!"
"¡Córtale la cabeza!"
"Useknout jí hlavu!"
"¡Córtale la cabeza a todos!"
"Useknout jim všechny hlavy!"
Pronto todos los jugadores estaban bajo custodia
Brzy byli všichni hráči ve vazbě

solo quedaron el rey, la reina y Alicia
zůstali jen král, královna a Alenka
Entonces la reina se marchó, casi sin aliento
Pak královna odešla, celá udýchaná
y se fue con Alicia
a odešla s Alicí
Alicia oyó que el rey decía algo en voz baja
Alenka slyšela krále mlčky cosi říkat
"Estáis todos perdonados"
"Všichni jste omilostněni"
Pero de repente se oyó otro grito
ale náhle se ozval další výkřik
"¡El juicio está comenzando!"
"Soud začíná!"
y Alicia corrió con los demás
a Alenka běžela s ostatními

¿Quién robó las tartas?

Kdo ukradl koláče?

El rey y la reina de corazones estaban sentados

Srdcový král a královna seděli

estaban en su trono cuando llegó Alicia

Seděli již na svém trůnu, když Alenka dorazila

Había una gran multitud reunida a su alrededor

Shromáždil se kolem nich velký zástup

Había todo tipo de pajaritos y bestias

Byly tam všelijaké malé ptačky a zvířata

Y allí estaba toda la baraja de cartas

a byl tam celý balíček karet

La sota estaba de pie frente a ellos, encadenada

Ten Srdcový Kluk stál před nimi, v okovech

y había un soldado a cada lado para custodiarlo

a po každé straně byl voják, který ho střežil

cerca del Rey estaba el conejo blanco

U krále byl bílý králík

Tenía una trompeta en una mano

V jedné ruce držel trubku

y tenía un rollo de pergamino en la otra mano

a v druhé ruce držel svitek pergamenu

En el centro del patio había una mesa

Úplně uprostřed nádvoří byl stůl

Sobre la mesa había un gran plato de tartas

Na stole byla velká mísa koláčů

«Ojalá hicieran el juicio», pensó Alicia

"Kéž by tu zkoušku dokončili," pomyslela si Alice

—¡Entonces podríamos comer algunos de esos refrescos!

"Tak bychom si mohli dát něco z toho občerstvení!"

El juez, por cierto, era el rey
Soudcem byl mimochodem král
y llevaba su corona sobre su gran peluca
a korunu měl na hlavě přes svou velkou paruku
«Ésa es la tribuna del jurado», pensó Alicia
"To je lavice pro porotu," pomyslila si Alenka
"Y esas doce criaturas, supongo que son los miembros del jurado"
"a těch dvanáct tvorů, předpokládám, že jsou to porotci"
algunos eran animales y otros eran pájaros
některá byla zvířata a některá byla ptáci
En ese momento el conejo blanco gritó
V tu chvíli zvolal bílý králík
"¡Silencio en la corte!"
"Ticho na dvoře!"
"¡Heraldo, lee la acusación!", dijo el rey
"Herolde, přečtěte si obžalobu!" řekl král
El Conejo Blanco tocó tres veces la trompeta
Bílý králík třikrát zatroubil na trubku
Luego desenrolló el rollo de pergamino
Pak rozvinul pergamenový svitek
Y leyó lo siguiente:
a četl toto:
"La reina de corazones, hizo unas tartas"
"Srdcová královna, udělala nějaké koláče,"

"Todo esto lo hizo en un día de verano"
"To vše dělala jednoho letního dne"
"La sota de los corazones, robó esas tartas"
"Srdcový kluk, ukradl ty koláče"
—¡Y se llevó esas tartas muy lejos!
"A ty koláče odnesl daleko!"
—Llama al primer testigo —dijo el rey—
"Zavolej prvního svědka," řekl král
y el conejo blanco tocó tres veces la trompeta
a Bílý králík třikrát zatroubil na polnici
"¡Traigan al primer testigo!", gritó
"Přiveďte prvního svědka!" zvolal
El primer testigo fue el sombrerero
Prvním svědkem byl kloboučník
Entró con una taza de té en una mano
Přišel s šálkem čaje v jedné ruce
Y tenía un pedazo de pan con mantequilla en la otra mano
a v druhé ruce měl kousek chleba s máslem
—Tendrías que haber terminado —dijo el rey—
"Měl jste skončit," řekl král
—¿Cuándo empezaste?
"Kdy jsi začal?"
El sombrerero miró a la liebre de marcha
Kloboučník pohlédl na zajíce březňáka
La Liebre de Marzo lo había seguido hasta el patio
Zajíc březňák ho následoval do dvora
Había caminado del brazo del lirón
Kráčel ruku v ruce s plchem
—El catorce de marzo, creo que fue —dijo—
"Myslím, že to bylo čtrnáctého března," řekl
—Da tu testimonio —dijo el rey—
"Vydejte své svědectví," řekl král
"Y no te pongas nervioso, o te haré ejecutar en el acto"
"a nebuď nervózní, nebo tě nechám na místě popravit"
Esto no pareció animar en absoluto al testigo
Nezdálo se, že by to svědka nějak povzbudilo
Seguía moviéndose de un pie al otro

Neustále přešlapoval z jedné nohy na druhou
Y miró inquieto a la reina
a pohlédl znepokojeně na královnu
Y, en su confusión, mordió un gran trozo de su taza de té
a ve svém zmatku si ukousl velký kus ze svého šálku čaje
En realidad, tenía la intención de morder de su pan y mantequilla
Opravdu chtěl ukousnout ze svého chleba s máslem
Justo en ese momento, Alicia sintió una sensación muy curiosa
V této chvíli pocítila Alenka velmi podivný pocit
Empezaba a crecer de nuevo
Začínala se opět zvětšovat
Al miserable sombrerero se le cayó la taza de té
Zubožený kloboučník upustil svůj šálek čaje
y el pan y la mantequilla cayeron al suelo
a chléb s máslem padl na zem
Y cayó sobre una rodilla
I poklekl na jedno koleno
—Soy un pobre hombre, majestad —comenzó—
"Jsem chudý člověk, Vaše Veličenstvo," začal
—Eres un orador muy malo —dijo el rey—
"Jste velmi špatný řečník," řekl král
—Puedes irte —dijo el rey—
"Můžeš jít," řekl král
Y el sombrerero abandonó apresuradamente el patio
a kloboučník spěšně opustil dvůr
—¡Llama al próximo testigo! —dijo el rey—
"Zavolej dalšího svědka!" řekl král
El siguiente testigo fue el cocinero de la duquesa
Dalším svědkem byla kuchařka vévodkyně
Llevaba la caja de pimienta en la mano
V ruce nesla pepřenku
Y la gente que estaba cerca de la puerta empezó a estornudar de repente
a lidé u dveří najednou začali kýchat
—Da tu testimonio —dijo el rey—

"Vydejte své svědectví," řekl král

-No daré ninguna prueba -dijo el cocinero-

"Nebudu vypovídat," řekl kuchař

El rey miró ansiosamente al conejo blanco

Král úzkostlivě pohlédl na bílého králíka

Y el conejo blanco habló en voz baja

a Bílý Králík promluvil tichým hlasem

"Su Majestad debe interrogar a este testigo"

"Vaše Veličenstvo musí tohoto svědka podrobit křížovému výslechu"

"Bueno, si debo, debo", dijo el rey

"No, když musím, tak musím," řekl král

"¿De qué están hechas las tartas?"

"Z čeho se vyrábějí koláče?"

—Las tartas están hechas de pimienta, en su mayoría —dijo el cocinero—

"Koláče se většinou vyrábějí z pepře," řekl kuchař

Durante algunos minutos, toda la corte estuvo en confusión

Po několik minut byl celý dvůr ve zmatku

Con el tiempo, todos se calmaron de nuevo

Nakonec se všichni zase uklidnili

Pero para entonces el cocinero había desaparecido

ale to už kuchařka zmizela

"¡No importa!", dijo el rey

"To nevadí!" řekl král

"Llamar al estrado al próximo testigo"

"Předvolejte dalšího svědka"

Alicia observó al conejo blanco mientras él repasaba a tientas la lista

Alenka se dívala na bílého králíka, jak tápavě procházel seznamem

Puedes imaginar su sorpresa por lo que escuchó a continuación

Dokážete si představit její překvapení z toho, co slyšela vzápětí

con su vocecita estridente, llamó el nombre de «¡Alicia!»

z plna hrdla svého pronikavého hlásku zavolal jméno "Alice!"

La evidencia de Alicia
Alenčina výpověď

-¡Aquí! -exclamó Alicia-
"Zde!" zvolala Alenka
Se levantó de un salto a toda prisa
Vyskočila ve velkém spěchu
Y volcó el estrado del jurado
a převrhla lavici porotců
y derribó a todos los miembros del jurado
a porazila všechny porotce
y cayeron sobre las cabezas de la muchedumbre de abajo
a padli na hlavy zástupu dole
Alicia estaba muy consternada
Alenka byla velmi zděšena
"¡Oh, le ruego que me perdone!", exclamó
"Ach, prosím za odpuštění!" zvolala
—El juicio no puede continuar —dijo el rey—
"Proces nemůže pokračovat," řekl král
"Los miembros del jurado deben volver a ocupar su lugar"
"Porotci se musí vrátit na svá místa"
Repitió la orden con gran énfasis
Příkaz zopakoval s velkým důrazem
y miró a Alicia con severidad
a pohlédl přísně na Alenku
—¿Qué sabe usted de estos acontecimientos? —preguntó el
rey a Alicia
"Co vy víte o těchto událostech?" zeptal se král Alenky
—No sé nada sobre el tema —dijo Alicia—
"O tom nic nevím," řekla Alenka
Entonces el rey leyó de su libro
Král pak četl ze své knihy
"Regla cuarenta y dos"
"Pravidlo čtyřicet druhé"
"Todas las personas que tengan más de una milla de altura
deben abandonar el tribunal"
"Všechny osoby vyšší než jednu míli musí opustit soudní síň"
—No mido ni una milla de altura —dijo Alicia—

"Nejsem ani míli vysoká," řekla Alenka
—Casi dos millas de altura —dijo la Reina—
"Skoro dvě míle vysoko," řekla královna

—Bueno, me niego a ir —dijo Alicia—
"Nu, já odmítám jít," řekla Alenka
El rey palideció
Král zbledl
Y cerró apresuradamente su cuaderno de notas
a spěšně zavřel svůj zápisník
"Consideren su veredicto", le dijo al jurado
"Zvažte svůj verdikt," řekl porotě
Habló en voz baja y temblorosa
Mluvil tichým, chvějícím se hlasem
Entonces habló el conejo blanco
Pak promluvil Bílý Králík
"Todavía hay más pruebas por venir"
"Ještě přijdou další důkazy"
Y se levantó de un salto a toda prisa
a vyskočil ve velkém spěchu
"Este papel acaba de ser recogido"

"Tento článek byl právě vyzvednut"
"Parece ser una carta escrita por el prisionero"
"Zdá se, že je to dopis napsaný vězněm"
Desdobló el papel mientras hablaba
Při těch slovech rozložil papír
"Al fin y al cabo, no es una carta"
"Koneckonců to není dopis"
"Lo que era era un conjunto de versos"
"What It Was byl soubor veršů"
—Por favor, majestad —dijo el bribón—
"Prosím, Vaše Veličenstvo," řekl Srdcový Kluk
"Yo no escribí esos versos"
"Já jsem ty verše nenapsal"
"y no pueden probar que yo escribí nada"
"a nemohou dokázat, že jsem něco napsal"
"No hay ningún nombre firmado al final"
"Na konci není podepsáno žádné jméno"
El rey le habló a la sota
Král mluvil k Klukovi
"Debes haber tenido la intención de causar algún daño"
"Musel jsi mít v úmyslu způsobit nějakou neplechu."
"De lo contrario, habrías firmado con tu nombre como un hombre honrado"
"Jinak byste se podepsal jako čestný muž"
Hubo un aplauso general
Ozval se všeobecný potlesk
Y el rey se volvió hacia el conejo blanco
Král se obrátil k Bílému Králíkovi
—Lee los versos —ordenó—
"Přečtěte si ty verše," nařídil
Hubo un silencio sepulcral en la corte
V soudní síni bylo hrobové ticho
Y el conejo blanco leyó los versos
a Bílý Králík předčítal verše
Me dijeron que habías estado con ella
Řekli mi, že jste u ní byl
Y me mencionaron a él

A zmínili se mu o mně
Ella me dio un buen carácter
Dala mi dobrý charakter
Pero ella dijo que yo no sabía nadar
Ale ona řekla, že neumím plavat
Les mandó decir que yo no había ido
Poslal jim zprávu, že jsem neodešel
Sabemos que es verdad
Víme, že je to pravda
Si ella insistiera en el asunto, ¿qué sería de ti?
Kdyby tu záležitost protlačila, co by se stalo s vámi?
Yo le di uno, ellos le dieron dos
Dal jsem jí jednu, on dal dvě
Nos diste tres o más
Dal jsi nám tři nebo více
Todos volvieron de él a ti
Všichni se od něho vrátili k tobě
aunque antes eran míos
i když předtím byly moje
Si yo o ella tuviéramos la oportunidad de serlo
Kdybych já nebo ona náhodou byli
Si yo o ella estuviéramos involucrados en este asunto
Pokud bych já nebo ona byli do této záležitosti zapojeni
Él confía en ti para liberarlos
Důvěřuje vám, že je osvobodíte
Exactamente como estábamos
Přesně takoví, jací jsme byli my
Mi idea era que tú habías sido
Moje představa byla, že jste byl
Antes de que ella tuviera este ataque
Než dostala tenhle záchvat
Un obstáculo que se interpuso entre
Překážka, která přišla mezi
A Él, y a nosotros mismos, y a
Jeho, a nás, a to
No le dejes saber que a ella le gustaban más
Nedejte mu najevo, že se jí líbily nejvíc

Porque esto debe ser para siempre un secreto, guardado de todos los demás
Neboť to musí být navždy tajemstvím, utajeným přede všemi ostatními
Este secreto debe seguir siendo un secreto entre tú y yo
Toto tajemství musí zůstat tajemstvím mezi vámi a mnou
El rey quedó muy impresionado
Na krále to udělalo velký dojem
"Esa es la prueba más importante que hemos escuchado hasta ahora"
"To je nejdůležitější důkaz, který jsme zatím slyšeli"
—No creo que esos versos tengan un átomo de significado — objetó Alicia—
"Nevěřím, že ty verše v sobě nesou ani špetku významu," namítla Alenka
el rey tenía su propia opinión al respecto
král měl na věc svůj vlastní názor
"Si no hay significado en esas palabras, eso salva un mundo de problemas"
"Pokud v těchto slovech není žádný význam, ušetří to svět problémů"
"Entonces no necesitamos tratar de encontrar el significado"
"Pak se nemusíme pokoušet najít smysl"
"Que el jurado considere su veredicto"
"Nechť porota zváží svůj verdikt"
-¡No, no! -dijo la reina-
"Ne, ne!" řekla královna
"Primero la sentencia y después el veredicto"
"Nejprve rozsudek – poté rozsudek"
-¡Tonterías y tonterías! -exclamó Alicia en voz alta-
"Nesmysly a nesmysly!" řekla Alenka hlasitě
"¡Qué tontería es sentenciar al acusado primero!"
"Jak hloupé je odsoudit obžalovaného jako prvního!"

—¡Cállate la lengua! —dijo la reina, poniéndose morada—
"Mlčte!" řekla královna a zbrunátněla
-¡No me callaré! -exclamó Alicia-
"Nebudu držet jazyk za zuby!" řekla Alenka
—gritó la Reina a voz en cuello—
Vykřikla královna z plna hrdla
"¡Córtale la cabeza!"
"Useknout jí hlavu!"
Nadie hizo un movimiento
Nikdo neudělal ani pohyb
-¿A quién le importa lo que digas? -dijo Alicia-
"Koho zajímá, co říkáte?" řekla Alenka
Para entonces ya había crecido hasta alcanzar su tamaño completo
V té době už vyrostla do své plné velikosti
"¡No eres más que un mazo de cartas!"
"Nejsi nic jiného než balíček karet!"
Al oír esto, todas las cartas se alzaron en el aire
Na to se všechny karty zvedly do vzduchu

Y todas las cartas cayeron volando sobre ella
a všechny karty se na ni snesly
Ella dio un pequeño grito
Trochu vykřikla
Estaba medio asustada, pero también enojada
Napůl se bála, ale také zlobila
Y trató de quitarse las cartas de encima
a snažila se ze sebe sehnat karty
Y entonces se encontró tendida en el banco de hierba
a pak zjistila, že leží na břehu trávy
Su cabeza estaba en el regazo de su hermana
Hlavu měla v klíně své sestry
Algunas hojas muertas habían caído en su cara
Na tváři jí přistálo několik mrtvých listů
Y su hermana estaba cepillando suavemente las hojas
a její sestra jemně odčesávala listí
-¡Despierta, querida Alicia! -dijo su hermana-
"Probuď se, Alice, drahá!" řekla její sestra
—¡Qué sueño tan largo has tenido!
"Jaký jsi spal!"
-¡Oh, he tenido un sueño tan curioso! -exclamó Alicia-
"Ó, měla jsem takový divný sen!" řekla Alenka
Y le contó a su hermana todo lo que podía recordar
A řekla své sestře všechno, co si pamatovala
todas las extrañas aventuras sobre las que acabas de leer
Všechna ta podivná dobrodružství, o kterých jste právě četli
Alicia se levantó y salió corriendo
Alenka vstala a utekla
Y pensó, mientras corría, en su sueño
a zatímco běžela, přemýšlela o svém snu
—¡Qué sueño tan maravilloso había sido!
"Jaký to byl nádherný sen!"

www.ingramcontent.com/pod-product-compliance
Lightning Source LLC
Chambersburg PA
CBHW011051190726
48290CB00011B/3100